一生必读的 中国十大名著 | 一曲响彻云霄的英雄壮歌　　家喻户晓的文学名著让人如痴如醉
百读不厌的经典故事令人回味一生

——课改精编版——

岳飞传

[清] 钱 彩 著

创世卓越 改编　龚 勋 主编

北京出版集团
北京少年儿童出版社

推荐序 | RECOMMENDATION

与文学大师的对话

世界儿童基金会 林真富

在青少年的成长过程中，文学名著起着一个"随风潜入夜，润物细无声"的重要作用。每读一本文学名著，就是与文学大师在心灵上的一次对话。这一次又一次的对话会使一个人对人生和世界获得更丰富而全面的认识，人格更加趋于完美。这是难以为其他形式所取代的。

"一生必读的中国十大名著"的编者们为我们的青少年精心挑选了十部在中国，乃至世界上都影响巨大的古典文学名著。罗贯中通过《三国演义》带我们回到那个群雄纷争、英杰辈出的战乱年代，去结识足智多谋的诸葛亮、忠肝义胆的关云长、狡诈多疑的曹操等典型人物；施耐庵在《水浒传》中塑造了一批啸聚山林、打家劫舍的绿林好汉，描写了他们各自不同、栩栩如生的鲜明性格；《西游记》则是一部伟大的神话，作者吴承恩凭借天才的想象力将神仙、妖怪和普通人的故事讲得跌宕起伏、惊心动魄；曹雪芹的《红楼梦》呈现出一批可爱又可怜的青年男女，他们缠绵悱恻的感情故事感动了所有读者，成为千古绝唱；还有《聊斋志异》《岳飞传》《封神演义》……部部都是我们中华民族传统文化的结晶，也是中国文学史上的耀眼明珠。

读完这些作品之后，我们会觉得这些大师们站在人类思想的巅峰，在为我们撒播智慧与心灵的种子。阅读他们的每一本著作，都是在与巨人们当面对话……

REVISION | 审定序

一把打开文学宝库的钥匙

中国儿童教育研究所　陈勉

　　一本书能够成为经典名著，一定是包含了高超的艺术造诣和透彻的人生道理。青少年正处在一个认识世界、了解人生的关键阶段，这些历经时间考验的经典文学名著正好充当了导师和朋友的角色。

　　由于青少年受到知识、阅历以及阅读欣赏经验的限制，他们往往会与文学名著产生不同程度的隔阂，造成阅读的困难。"一生必读的中国十大名著"的编者们从汗牛充栋的中国古典文学殿堂中精心挑选了十部适合青少年阅读的经典文学名著。这些家喻户晓的名著不仅深入人心，脍炙人口，在中国文学史上也占有显赫的地位。为了使它们适合青少年阅读，编者们舍弃了原著晦涩的文言文，在忠实于原著的基础上进行了改编，既保留了原著中精彩的故事情节和灿烂的文采，又回避了原著中一些封建迷信描写。令人欣喜的是，所有作品均配有精美的彩色插图。这些插图形象地阐释了作品的内涵，有助于读者更好地理解原著的意义。

　　此外，这套书的特色还在于为这些文学名著配上了相关的文史、科普知识，让青少年在阅读名著的同时能了解相关的基础知识，再通过这些知识更好地理解作品。正是这些元素，使读者能更真切地感受我国各个朝代历史、文化的独特和精彩。

　　伟大的经典名著带给人的影响是能伴随人的一生的。这套书通过轻松、新颖的阅读方式，给了广大青少年一把打开文学宝库的钥匙。这把钥匙将给他们打开一个广阔而美丽的世界！

FOREWORD | 前言

古典文学名著的无穷魅力

　　岳飞抗金的故事早在南宋末年就已广泛流传于民间，经过几代人口口相传，至清乾隆年间，小说家钱彩以历史上的真人真事为依据，结合民间流传的故事，写成了一本比较完整的有关岳飞抗金的长篇小说。它为我们塑造了一批性格鲜明的人物形象，如忠君爱国的岳飞、直爽冲动的牛皋、优柔寡断的高宗、阴险狡诈的秦桧等等。此书是清代英雄传奇小说的典型代表作，历来深受广大读者的喜爱。

　　为了让广大青少年更好地欣赏这部名著，我们以岳飞抗金为主线，将原著中一些家喻户晓的情节，如"比武枪挑小梁王""守忠义岳母刺字""青龙山智破金兵""爱华山大败兀术"等尽收囊中，改编成四十六个生动有趣的故事。每个故事之间环环相扣，成为一个不可或缺的整体。本书语言精炼质朴，故事通俗易懂，是一部不可多得的传奇小说。我们在每页都配备了与故事内容有关的精美插图，还对故事中出现的陌生知识点进行了拓展和延伸，以期青少年朋友在享受阅读快乐的同时，最大限度地充实自己的古典文化常识。

　　希望本书能打开古典文学的宝库，让广大青少年朋友更好地领略到我国古典文学的无穷魅力。

目录

第一章	岳飞出世遇洪水	8
第二章	认义父刻苦学艺	12
第三章	内黄县小考显威	18
第四章	乱草冈智降牛皋	22
第五章	考武举结怨洪先	26
第六章	岳飞完婚归故土	30
第七章	进京赶考拜宗泽	34
第八章	武场外牛皋抢状元	38
第九章	比武枪挑小梁王	42
第 十 章	三关陷落失黄河	48
第十一章	奸臣卖国献二帝	54
第十二章	脱金营高宗登基	58
第十三章	守忠义岳母刺字	62
第十四章	八盘山小胜金兵	66
第十五章	青龙山智破金兵	70
第十六章	释番将刘豫降金	74
第十七章	邦昌假诏害忠良	76
第十八章	太行兄弟闹京城	80
第十九章	爱华山大败兀术	84
第二十章	南征北战平内乱	89

第三十四章	排众议高宗迁都	140
第三十五章	秦桧叛国返中原	142
第三十六章	岳飞义服杨再兴	146
第三十七章	杨再兴误走小商河	152
第三十八章	送钦差汤怀殉国	156
第三十九章	陆文龙双枪无敌	159
第 四 十 章	王佐断臂假降金	162
第四十一章	岳飞大破连环马	168
第四十二章	宋军夜避"铁浮陀"	174
第四十三章	大破金龙绞尾阵	176
第四十四章	十二金牌召岳飞	180
第四十五章	奸臣当道忠臣下狱	184
第四十六章	风波亭岳飞遇害	189

第二十一章	牛皋醉酒破番兵	92
第二十二章	岳飞施计除刘豫	96
第二十三章	张氏兄弟立首功	100
第二十四章	栖梧山智降何元庆	104
第二十五章	失京都高宗落难	108
第二十六章	岳飞保驾牛头山	110
第二十七章	牛皋催粮收三将	114
第二十八章	挑滑车高宠丧命	118
第二十九章	金兵突袭岳家庄	122
第 三 十 章	岳云寻父建首功	125
第三十一章	牛头山大破金兵	129
第三十二章	梁红玉击鼓战金山	132
第三十三章	金兀术败走黄天荡	136

第一章
岳飞出世遇洪水

宋徽宗崇宁二年（1103年）仲春二月，万木抽青，百鸟飞腾。当月十五日晚，一个婴孩降生于河南省相州汤阴县永和乡孝悌里一户人家。婴孩的父亲岳和是当地的富户，为人忠厚，重义气，即使节衣缩食，也要济人之困，深得乡人爱戴。唯一遗憾的是，岳和年过半百，夫人姚氏也已四十出头，却膝下无子。如今中年得子，自然欣喜异常。这晚，岳家大院热闹非凡，大家进进出出，忙着预备新生儿三朝的庆典。

岳和正在堂内抚弄幼子，有老仆人进来禀告说有个道人坚持要见老爷，已在门外等候多时。岳和忙命人请进门来。不多时，道士来到厅堂。岳和仔细看去，那道士鹤发童颜，骨格清奇，一见便知是得道高人，于是热情相待。宾主寒暄之后，岳和从内室抱出幼子，请求道士赐个名字。道士一看，暗暗吃惊，只见新生儿顶高额阔，鼻直口方，长相非凡，难怪自己刚才在庄外看见一个大鹏绕着岳家的庄院盘旋，久久不肯离去。道士便道："令郎相貌不凡，将来必定如大鹏展

三朝：旧称结婚、生子或死亡的第三日。人们一般在这一日举行庆典。

岳和将儿子抱出来，让老道士给取个名字

翅,高中举人,就取名'飞',表字'鹏举'吧!"岳和听了十分中意,再三称谢,命人摆下筵席,热情款待了那道人。

用膳完毕,道士起身告辞,岳和送至院门口。道士见阶下有两口大花瓷缸,没有贮水,故意道:"两口好缸。"走到其中一口缸旁,用拐杖在缸上画了三道灵符,口中念念有词。岳和不解其意,正待要问,只听那道士道:"三日内令郎倘若受了什么惊吓,让夫人抱了小官人坐此花缸内,可保无事。"岳和连声称谢,心里却不以为意。原来这道士早就识破天机,知道黄河即将决口,特地来帮岳飞渡过大难。岳和肉眼凡胎,哪知道这其中的玄机。那道士别了岳和,出了庄门,飘然而去。

第三天,岳家庄高朋满座,亲眷好友都来庆贺小岳飞的三朝。岳和里外周旋,忙得不亦乐乎。酒过三巡,众人都闹着要看看新生儿。岳和满口应承,入内室将小岳飞抱到众人面前。众人你一言我一语向小岳飞祝福,小岳飞也转着骨碌碌的眼珠四处张望,煞是可爱。这时从人群中钻出一个十来岁的男孩子,冒冒失失地抓起小岳飞粉嫩的小手往上一抬,叫道:"好可爱的小官人啊!"小岳飞被这突如其来的动作吓得哇哇大哭,无论众人怎么逗弄也啼哭不止。众人一边叹气,一边责怪男孩过于莽撞,热闹劲儿也慢慢地淡了。客人眼见天色已晚,也就渐渐散了。

岳和想尽办法也没能让小岳飞停止啼哭,检查身体也未见有任何伤痕,夫人姚氏对他埋怨不绝。正在束手无策之际,岳和记起前日道士临走时扔下的那句话,立

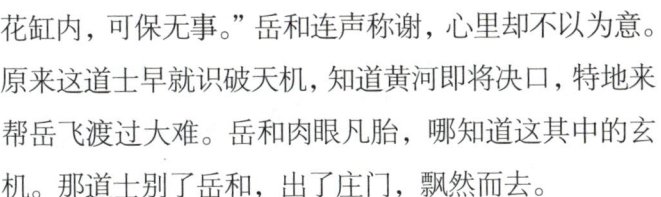

岳和抱着小岳飞来到大厅上,人们都围过来观看

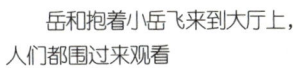

灵符:道士所画的一种图形或线条,声称能驱使鬼神,或给人带来祸福。

妇女束发砖雕

宋代妇女发式以高髻为尚。有的青年女子髻高逾尺,有的梳成朝天髻,有的用假发编成各种样式戴在头上。此砖雕表现了宋代妇女梳妆时的情景

大花缸

中国陶瓷，历史悠久，品种繁多，且应用到各个领域。这种大花缸在宋代十分普遍，人们喜欢将其摆设在花园中，在缸中栽上睡莲

即和姚氏商量。姚氏情急之下也别无妙策，便道："既然如此，那就'宁可信其有，不可信其无'，暂且一试吧。"姚氏抱着小岳飞来到后院。岳和命仆人拿了条绒毡垫在缸内，扶着姚氏坐了进去。说来也怪，这小岳飞一进去，立即就停止了啼哭。

岳和夫妇正在啧啧称奇时，忽然听见外面天崩地裂般的一声巨响，夹杂着呼救声、房屋的崩塌声，由远及近。岳和大叫一声："遭了，内黄堤圩决口了！"原来那时黄河尚未改道，汤阴县在黄河内黄段的西面。决堤之后，一排浑黄的浊浪从东向西奔腾而下，霎时岳家村成了一片汪洋。岳和忙乱中还没来得及找到可以浮水的东西，浪头已像小山一样冲了过来。岳和抓住缸沿，身体在水中沉浮。姚氏在缸内大哭道："这可如何是好啊？"岳和叫道："夫人，全仗你保全岳氏这点血脉了！我……"岳和话未说完，一个浪头迎面打来，将岳和打落水中。姚氏只见水里冒了几个泡泡，转眼岳和就不见了。姚氏一声惨叫，昏厥了过去。

大花瓷缸一路随波逐浪被冲到了河北大名府内黄县境内。离县城三十余里的地方有个麒麟村，村里有一位叫王明的员外，夫妻都五十开外，极其乐善好施，是有名的"活菩萨"。一天，王员外带着仆人出去办事，刚出门，就见

岳和搀扶着夫人姚氏到水缸里避难

河边围着一群人正在吵吵嚷嚷。仆人连忙前去打探，不一会儿，跑回来说："员外，快去看看，黄河决堤了，冲下来不少箱笼物件，还冲下来一口大花瓷缸，里面坐着人，众人正不知如何是好呢！"王员外急忙赶过去，果然见花缸里坐着人，急忙命人用挠钩连缸带人捞了上来。王员外见是个妇人抱着一个刚出生不久的孩子，便请大家将那母子从缸里抱出来，但那妇人气息奄奄，王明便向附近人家讨了一碗热汤给她喝。姚氏喝完汤后略恢复了些精神，想起了已命丧黄泉的丈夫又呜呜咽咽地哭起来，边哭边向大家诉说了遭灾经过。王明见她已无家可归，便请她到家里暂住，以后慢慢探听岳和的消息。

王明见花缸里坐着人，忙命人用挠钩连缸带人捞上来

王明带着姚氏母子来到家中，向妻子何氏说明了原委。何氏见一个妇人家带着刚出生的孩子遭此灾祸，十分同情，不免劝慰了一番，忙吩咐丫环们准备热汤热菜，并收拾好东首空房，安顿他们母子住下。一连几天，王明四处寻访岳和下落，均无消息，姚氏大哭一场，还得寄居在王家。姚氏对王员外夫妇的救命之德感恩图报，在员外家洒扫缝补，从不懈怠。何氏也是个通情达理的人，见她如此，更视她如姊妹，从此姚氏母子与王明一家相处融洽。也真是善有善报，第二年，何氏也生下了一个儿子，取名王贵。

《清明上河图》（局部）

此图为北宋张择端所绘，集中再现了宋代人社会生活的各个方面，大到娱乐、商业，小到衣着行装，都神形毕现

私塾

私塾是我国古代私人设立的教学场所，其启蒙教材一般包括《三字经》《百家姓》《千家诗》等

王贵、汤怀、张显这三个淘气包正在捉弄先生

第二章

认义父刻苦学艺

在这场无情的天灾之后，岳家一下子一贫如洗。除了王员外家的周济，岳母平时还做一些针线活儿来补贴家用，日子倒也过得平安踏实。光阴似箭，日月如梭，小岳飞转眼七岁，迫于生计，他开始做一些力所能及的活计，如砍柴放猪，打水送饭等。

王员外的儿子王贵也已六岁，王员外请了一位先生在家里教他读书写字。和王贵一起读书的还有张显和汤怀，他们分别是王员外的好友张达、汤文仲之子。王贵、张显、汤怀都是富家子弟，非但不读书，还终日在学堂里舞棒弄拳，闹得学堂里鸡犬不宁。他们的先生已七十多岁，有些耳聋眼花，常常成为他们捉弄和取笑的对象。一次，先生略略责备了他们几句，他们就合伙把先生按在课桌上，几乎把先生的胡须扯了个精光。先生一气之下辞馆回家了。后来接连几个先生都被他们三个顽童整得焦头烂额，最后自动辞职，自此没人敢再来接这个"烫手山芋"。王贵没了先生的管教，更加逍遥自在，四处惹事生非。王明每次想管教，都被夫人护着，奈何他不得，气得整天食不知味，寝不安席。

小岳飞可不像他们那么幸运，他得起早摸黑替母亲分担家务，极少参与同龄人的游戏。一次，一群正在玩游戏的小孩邀岳飞加入，岳飞因急着回家，没有答应。那些小孩威胁说："你不陪我们玩，我们就打破你的狗头！"岳飞毕竟是个小孩，听不得人挑衅，接口道："难道我还怕你不成！"七八个小孩一齐扑过来，岳飞猛力一甩，推倒三四个，脱身就走。那些小孩见他厉害，也不敢惹他，便跑到姚氏那儿告了一状。姚氏安抚那几个孩子回去后，才意识到从现在起必须教岳飞读书识字了，否则长大后会成为一介莽夫。

自此，岳母就手把手地教岳飞识字。由于家贫买不起笔墨纸砚，岳母想出了一个省钱的好法子，叫岳飞找来一个畚箕、一些沙子和一根小木棍，用棍子在沙子上写字，字写满了可以立即将字迹抹平，又可重复再用。岳飞从此便用这种方法写字，因此识了不少字，并练就了一手龙飞凤舞的好书法。岳母毕竟识字不多，要读通经书文义，还得靠岳飞自学。但越是如此，岳飞越是勤奋。岳家买不起蜡烛，到晚上岳飞便靠燃树叶发出的火光阅读，家里的书读完了，就千方百计去借、去抄。王员外见他好学，有时也赠送他一些。渐渐地，岳飞读的书越来越多，不到一年，《论语》《春秋左氏传》等已粗通精义，最喜欢的《孙子兵法》也能领略其中要旨了。

一天，张、汤二位员外来拜访王明，三人谈起儿子

岳飞将沙子铺在地上，拿了柳枝，练起字来

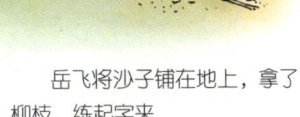
畚箕：同簸箕，一种农具，专用于撮、簸粮食。

文房四宝
文房四宝是我国传统的书写工具和材料，包括笔、墨、纸、砚

包拯

包拯（999年-1062年）字希仁，庐州合肥（今属安徽）人，北宋仁宗时进士，曾任龙图阁大学士、开封知府、御史中丞、枢密副使等职。他是一位传奇式的人物，是家喻户晓的清官典型，被后世誉为"包青天"。

的劣行，都很生气。这时，仆人进来说："外面有一位从陕西来的客人，叫周侗，要见员外。"这周侗文武双全，曾拜少林派谭正芳为师。后来得到包拯赏识，在军中担任教官，又在东京担任御拳馆教师。只因他主张抗辽抗金，在朝中屡受主和派压制，郁郁不得志。众员外一听来者是周侗，赶忙出去迎接。周侗进了大厅，王明也顾不得行礼，连忙拉住周侗的手问："多年不见，你一向可好？"周侗告诉众员外，他妻子早已过世，儿子抗辽死在军中，原有两个徒弟，一个是玉麒麟卢俊义，一个是豹子头林冲，也被奸臣陷害，只剩下他孤身一人四处漂泊。原本预备投奔留在汴梁的一位老友，谁知老友得罪了奸党，被人陷害要充军到边疆。他只得改变计划，回到老家。在老家，他买了几亩田地，叫人耕种着，这次出门收租，正好途经麒麟村，于是顺便来看看王明等故交。王明见他孤身一人，便有意将他留下来教儿子读书，但又怕儿子顽皮，得罪了周侗，因此试探着将儿子缺塾师的前因后果叙述了一遍。不料，周侗竟一口答应下来。三个员外听了喜出望外，连忙行礼拜谢。

孩子们听说又来了一个老师，私下里预备了一些"家伙"，想给先生来一个下马威。次日，孩子们按时来到学堂，坐好之后，周侗叫大家打开书，由王贵先读第一篇。王贵叫嚷道："客人

周侗来到了王员外家

都没读，为何叫我主人先读？先生好不知礼！"说罢，他从袜筒里摸出一条铁尺，朝周侗头部打去。周侗是个习武之人，眼明手快，把头一偏，一手接住了铁尺，将王贵衣领一提，摁倒在板凳上，取过戒尺，狠狠地照他屁股上打去。王贵痛得嗷嗷大叫起来。张显、汤怀见了，吓得半死，偷偷地把藏在身上的家伙扔掉了。从此以后，他们再也不敢调皮了。

再说岳飞住在王家学堂隔壁，每每上课时，岳飞便将凳子垫高，扒在墙头上听周侗讲课。周侗讲的一字一句，他都牢记在心。有一天，周侗要出外陪客，对学生们说："现在我有事要办，出了三个题目在此，你们用心做好，待我回来再给你们批阅。"说罢，他换了衣服就出门了。岳飞一心想知道周侗给他们出了什么题目，便等周侗出门后溜进馆来。王贵、汤怀、张显正在为作文发愁，见了岳飞如见了救星一般，纷纷围住岳飞叫他代写。岳飞不答应，他们就把岳飞反锁在学堂内，然后一溜烟跑得没了踪影。

岳飞走不出去，只得把他们三人的文章都做好了。搁笔之后，岳飞走到先生的座位上，见桌上有一篇先生的文章，便拿起来看。岳飞见周侗文章字字珠玑，心下感叹："我岳飞若得此人教诲，何虑日后不得功名！"于

周侗正在教训不听话的王贵，张显、汤怀在一旁吓得半死

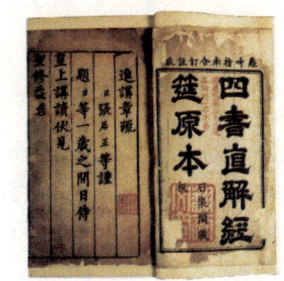

四书五经
四书指的《大学》《中庸》《论语》《孟子》；五经指的是《周易》《尚书》《诗经》《礼记》《春秋》。四书五经是古代科举考试和私塾教育的主要内容

周侗正在看墙上的诗

是,他提笔在墙上题了几句:"投笔由来羡虎头,须教谈笑觅封侯。心中浩气凌霄汉,腰下青萍射斗牛。英雄自合调羹鼎,云龙风虎自相投。功名未遂男儿志,一在时人笑敝裘。"写完,他又在后面题上"七龄幼童岳飞偶题"几个字。岳飞方才放笔,听到门外一阵喧闹声,紧接着门开了,王贵、张显、汤怀三人慌慌张张地推门进来。王贵叫:"岳哥哥快走,先生来了!"

岳飞一撒腿奔出了学堂。不久,周侗踱着方步进来了。他拿起孩子们的卷子,发现笔迹相同,再看内容,文理皆通,不似平常,不由得心生疑虑。周侗问道:"刚才谁来过?"众人都摇头。周侗正要再问,抬头看见墙上有几行字,笔迹未干,细细一读,不仅语法通顺,而且抱负不小,再看落款"七龄幼童岳飞偶题",心想:小小孩童,能有如此远见,孺子可教。便命王贵去把岳飞找来。

岳飞忐忑不安地跟着王贵来到学堂,一进门却见周侗脸上一团和气,毫无发怒迹象,这才心下稍安。岳飞朝周侗拜了四拜。周侗微笑着打量岳飞,招呼他坐下说话,问了他一些家庭境况、何师传授之类的问题,岳飞都据实回答。周侗见岳飞自幼丧父,禀赋极高,又肯努力,有心收他做义子。次日,周侗请岳母到王明家来见面,提出想收岳飞为义子,不必更名改姓,自己只想将平生本事倾囊相授。岳母欣然应承。从此,岳飞与王贵、张显、汤怀结为兄弟,朝夕相处,一同学艺。

春去秋来,转眼岳飞已十三岁。周侗逐渐将十八般武艺悉数传授给了他们兄弟四人。

宋代诗歌

宋诗虽不如唐诗有名,但宋代作诗的风气不减,名家辈出,如大诗人陆游。图为陆游手书《怀成都十韵诗》

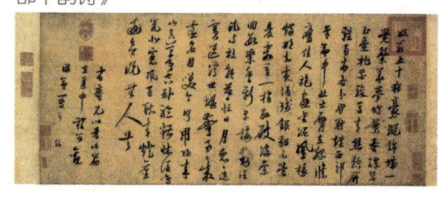

岳飞这些年勤学苦练,其箭法终于达到了能左右开弓、箭无虚发的地步。一次,周侗集合门生比武,他先发三箭,三箭皆命中靶子。岳飞引弓一发,射断了周侗的一支箭矢,接连两箭,又正中靶心。周侗十分惊讶,果然是青出于蓝而胜于蓝,对岳飞更加器重。

一天,师徒五人到沥泉山看望周侗的老友志明长老,志明长老送给岳飞一杆"沥泉神矛"和一册兵书,兵书中有用枪方法和行军布阵的妙计。在周侗的悉心指导下,岳飞刻苦研习,不久武艺大增。周侗又将枪法传给了汤怀和张显,将刀法传给了王贵。弟兄四人每日在空场上开弓射箭,舞剑抡刀,其乐融融。岳飞的天资在他三人之上,再加上日日勤学苦练,武艺便也更出类拔萃。

十八般武艺

"十八般武艺"首次出现于宋代戏文中,泛指各种武艺,并非固指武艺的十八种内容。后世有关其内容的说法各不相同

周侗将十八般武艺传授给岳飞、王贵、张显和汤怀兄弟四人

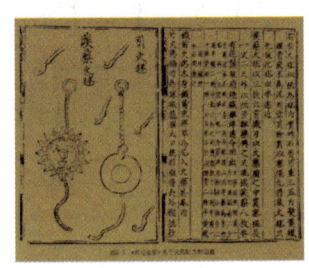

《武经总要》书影

在武举制度的推动下，宋代对古代军事理论和典籍的整理成风。宋代官修的《武经总要》是我国现存最早的一部官修兵书。这部集古代兵器之大成的兵书反映了宋王朝在军事思想上的一些变化

里长：古时乡官，又称里正。宋代沿袭唐制，以百户为里，每里置里正一人，负责管理户口。

周侗带着四个徒弟在看其他的武童射箭

第三章

内黄县小考显威

转眼，岳飞十五岁了。一天，麒麟村的来了，说县里要考武童，他已将岳飞、王贵、张显、汤怀的名字报上去了，催促大家打点好行装，准备本月十五的考试。周侗回到学堂，吩咐弟子们去备办弓马衣服，大家都欢天喜地回去了，独剩岳飞因无钱置办衣服，呆在原地发愣。周侗打开箱笼，将自己半旧的素白袍和红鸾带取出来递给岳飞，又给了他一大块红锦，叫他拿回家做件坎肩和扎袖，还将自己心爱的战马借给了他。岳飞接受后也欢天喜地地回家了。

考试那天，汤显白袍白巾，外罩绣花坎肩；张显绿袍绿巾，外带红坎肩；王贵穿了一身红，浑身火炭一般，惹得众人一阵哄笑。周侗师徒四人一早便来到了内黄县校场，只见校场内人头攒动，好不热闹。师徒四人安置好马匹吃食，这才拣了个洁净的茶篷坐下。这时，各乡各镇的武童都已进场，县官李春也已到演武厅内坐定。比试第一项是射箭，考生们一个个精神抖擞，演武厅内拉弓射箭之声不绝于耳。岳

飞、王贵、张显、汤怀也在一旁摩拳擦掌，跃跃欲试。周侗吩咐王贵、汤怀、张显道："等会儿点到麒麟村的武童，你们三人先去。若有人问'岳飞为何没来'，你们便答'随后即到'。岳飞武功比你们高，他先出场就显不出你们来。"众人答应。

点名到麒麟村的武童时，张显、王贵、汤怀三人答应着，一齐走到李春面前。李春因先前比试的武童武艺太差，正有点怏怏不快，见麒麟村这三个武童一副雄赳赳、气昂昂的神态，精神为之一振，后见少了岳飞，果然问："岳飞怎么没来？"王贵抢先回答："他随后便到。"李春便道："那你们先考弓箭吧。"李春传令，叫他们三个瞄射。汤怀道："请老爷吩咐将箭垛摆远一点儿。"李春立即叫校尉将箭垛往后移。三人要求再摆远点儿，李春又叫校尉移到一百步，连挪了三次，直到摆到一百二十步开外。

这时，三人下阶立定，抖擞精神，弯弓搭箭，把周侗所教的本事尽量显出来：三箭齐发，只听见"嗖嗖"的几声箭响，三支箭箭箭上垛，毫无虚发，四周一片欢呼和喝彩之声。李春看了十分高兴，便问："你们三人的弓箭是谁传授的？"汤怀忙上前答道："家师是关西人，姓周名侗。"李春一听说是周侗，十分高兴，忙起身说道："原来令师就是周老先生。他是本县的好友，久不相见，快请上来相见吧。"汤怀说在下边的茶篷内。李春立即派了一员校尉，同汤怀三人一起去茶篷，请周侗

张显、王贵、汤怀要求把箭垛再摆远点儿

宋朝茶文化

北宋时期，茶文化极其繁荣，民间的茶楼、饭馆中的饮茶方式丰富多彩。宋朝时发明的蒸青散茶和炒青散茶，可减茶中苦味，而香味不减

岳飞连发九箭,箭无虚发,校场内欢声雷动

上来相见。

周侗带着岳飞来到演武厅,李春忙下厅相迎,两人拉手互致问候,岳飞也过来行礼。周侗道:"这是愚兄的义子岳飞,请贤弟看看他的弓箭如何!"李春见岳飞相貌堂堂,言行有度,心里已有了几分喜欢,便道:"令徒武艺不错,令郎一定更好,无须再看了。"周侗连忙摆手:"为国选才要公正严明,也要大家心服,怎么可以草草了事!"李春一笑,便问:"令郎能射多少步?"周侗说:"小儿年纪虽轻,却有些蛮力,能射得二百四十步。"李春表面称赞,心里却不信,吩咐校尉将箭垛摆到二百四十步处。

岳飞走下台阶站好,立定身,拈定弓,搭上箭,"啪啪啪"九支箭连发。演武厅里擂鼓的人连忙擂鼓,从第一支擂起,一声高过一声。九箭连发,支支中的,惹得下边看考的众人一齐喝彩,声如雷动,一浪高过一浪。各乡镇的武童更是看得目瞪口呆,输得心服口服,连李春也站起来为岳飞叫好。校尉将箭垛拿到李春跟前。李春一看,九支箭射进同一个孔,整整齐齐地攒在箭垛上。如此高超的射法真是难得一见,李春不禁大为惊叹。

李春见岳飞武艺高强,越看越中意,拉住周侗问道:"小弟有一女,十五岁了,大哥若不嫌弃,愿将小女许配令郎,不知尊意如何?"周侗笑道:"如此更好,

箭 箭又名矢,是靠机械力发射的一种兵器。箭因其弹射的方法不同,又可分为弓箭、弩箭和掷箭。箭由箭头、箭杆、箭羽三部分组成

只怕犬子高攀不起啊。"李春道:"你我弟兄,何必客套,明天就送小女庚帖来。"周侗谢了,让岳飞拜过岳父,父子俩回到茶篷内,同众员外一起出城回村。

第二天中午,李春派了一个书吏,把女儿的庚帖送到岳府,岳飞将其交给母亲。岳母见儿子定了这么好的一门亲事,便将庚帖珍重地保藏起来。当日,周侗又带了岳飞去谢亲,李春在衙内摆了一桌酒席相迎。刚吃到一半,李春见岳飞没有坐骑,要岳飞去马房挑一匹。岳飞连看了几匹都不称意,忽然听见墙角一声嘶叫,扭头一看,一匹长约一丈、身高八尺的雪白兔头马被拴在墙角。岳飞面露喜色,解开绳索,正要跃身上马,那马突然前蹄跃起。岳飞就势抓住马鬃,跳将上去。那马性子极烈,一个劲地踢腾奔跃,但岳飞始终紧抓不放。后来那烈马踢腾累了,才服服帖帖地站住。李春叫人取来一副好鞍辔,备在马上。岳飞谢过岳父,三人重新入席,又喝了几杯,看看天气不早,周侗起身告辞。师徒二人飞身上马,出了县城。周侗心里高兴,想试一下那马的脚力,叫岳飞加上一鞭。岳飞也不扬鞭,只用双脚略微一夹,那马便快速飞奔起来,一下子将周侗甩到了后面。周侗也加了几鞭,紧随其后。师徒一前一后,直跑到麒麟村口,才下马进村。

马鞍
马鞍是挂在马背上的坐垫,是骑马时的护体物品。马鞍多为皮制,由软垫、鞍桥等几个部分组成。

庚帖:庚帖也叫八字帖。帖上写订婚者姓名、生辰年月、籍贯等内容。古时换了庚帖即意味着男女双方已定婚。

周侗、岳飞师徒拜别县官李春

第四章

乱草冈智降牛皋

那晚，从李春家回来，两人放马加鞭，一阵疾驰，累得是满头大汗。周侗回到书房，脱了外衣，用蒲扇扇了几下，喘息才定。周侗坐了一会儿，忽然觉得胸闷腹胀，头昏眼花，坐立不住，只得去床上躺着。岳飞听说，马上赶过来伺候，端茶倒水，寸步不离。王贵、汤怀等不时到床前问候，员外们也各个求医问卜，可周侗的病势时缓时急，延至第七日，病势急转直下。周侗知道自己天数将尽，就叫来岳飞、王贵等兄弟四人及王明等几位员外过来嘱托后事，又将自己的箱笼物件都赠给了岳飞。周侗叮嘱岳飞兄弟四人要齐心协力，有朝一日为国效力，收回疆土，四人含泪应承。嘱托完毕，周侗溘然长逝。岳飞号啕大哭，大家也十分悲伤。

众人安葬了周侗，岳飞在墓边搭了个芦棚，独自住在那里守墓。每逢初一、十五，岳飞都要买点肉、酒，在墓前祭奠一番。祭奠时，岳飞总是引弓三发，以志不忘师父传艺之恩，然后才将祭肉埋在墓侧，洒酒，痛哭一场。

时光易逝，转眼就到

周侗病危，叫岳飞等过来嘱托后事

了第二年的清明时节。那天王明等带着儿子们来给周侗上坟，纷纷劝岳飞回家侍养老母，岳飞再三不肯，王贵等兄弟急了，动手拆去芦棚。岳飞无可奈何，只得哭拜周侗，随大家回去。

员外们雇了轿子先行回家了。兄弟们好久不见，十分亲热，一路踏青，玩得好生痛快。渐渐地游玩了不少时光，众人觉得有些饿了，便拣了个视野开阔的山坡坐下休息。仆人们摆开糕点茶酒，众人一起畅饮。当大伙谈兴正高时，王贵忽然听得后边草丛中簌簌乱响，于是翻身回头，伸脚往那草丛一搅，登时从草丛中爬出一个人来。众人大吃一惊，都围了过来。王贵将那人提将出来，抡起拳头就要打。那人吓得立即跪地求饶。岳飞见那人吓得瑟瑟发抖，连忙拦住王贵，和气地问他为何鬼鬼祟祟地躲在草丛中。那人见岳飞等不像是歹人，就回头招呼了一声，顿时从草丛中爬出二十多个人来，他们都背着包袱雨具，像是赶远路的。众人说："相公们，这不是喝酒的地方。前边有个叫乱草冈的地方，近日出了一帮强盗，见人便抢，现在正拦住一班客商大肆抢劫。小人们是从后边抄小路到这儿的，要去内黄县县城，见相公们人多，怕是坏人，故躲在草丛中不敢出来。"岳飞给他们指了一条去内黄县县城的大路，让他们放心前去。众人谢了，高高兴兴地走了。岳飞等人听说乱草冈里有强盗，一个个义愤填膺，于是各拔了一棵树干当作兵器，向乱草冈奔去。

王贵将那人从草丛中提出来，那人立即下跪求饶

小工商业者砖雕
小工商业者是北宋主要的城市劳动者之一。他们资本有限，收入微薄，生活水平处于社会下层

那黑大汉向岳飞讨要买路钱，岳飞说先要问问他两个拳头答不答应

众人刚转到山后，就看见一个黑脸大汉，头顶金盔，手拿四愣镔铁锏，正拦住一伙商人不放。岳飞吩咐弟兄们埋伏起来，自己独自走到那黑大汉前面，叫道："朋友，这些小本商人有啥油水。我是大商人，伙计、车辆都在后头跟着。不如放了他们，我给你十倍的利钱？"黑大汉一听说有大买卖，立刻动心，大手一挥，放走了那些商人，转过头来向岳飞要买路钱。岳飞道："要买路钱可以，不过得先问问我这两个拳头答不答应。"黑大汉一听大怒，举锏朝岳飞面门上打过去。岳飞也不招架，只将身形一转，便闪到黑大汉的后面。黑大汉恼羞成怒，转身又是一锏。岳飞身手敏捷，左躲右闪，那黑大汉武功不济，心里一急，一阵乱打。岳飞虚晃了一下，引他上钩，黑大汉不知是计，趋身向前，岳飞飞身一脚正踢在黑大汉的左肋骨上，黑大汉痛得跌倒在地。这时王贵、汤怀、张显等人出来，拍手称好。黑大汉一听众人叫好，脸都臊紫了，叫道："气死我也！"他一骨碌爬起来，拔出宝剑就要自刎，幸亏岳飞眼疾手快，慌忙过去拦腰抱住。岳飞笑道："朋友，你真性急，我又不曾与你交手，是你自己一脚不慎滑倒了。"说罢，他便和众人一起哈哈大笑起来。黑大汉惭愧不已，便扔下宝剑，忙问岳飞姓甚名谁。

岳飞叫兄弟们过来，众人互通姓名。那黑大汉一听他们都是周侗的徒弟，喜不自禁，连忙俯身下拜，众人

南宋纸币

南宋铸钱数量较以前减少，铜钱外流严重，因而纸币获得广泛推行，并逐渐取代了铜钱成为主要的交换媒介。图为南宋政府印刷纸币的铜版

连忙扶起。黑大汉又问周侗近况,众人将实情告诉他,黑大汉顿时神色黯然。原来,这黑大汉本名牛皋,陕西人,从小酷爱耍刀弄棒。他父亲久闻周侗的大名,临终前要儿子到内黄县麒麟村找周侗学艺。牛皋同母亲千里迢迢来到河北,由于路途遥远,所带盘缠全用完了,眼看到了麒麟村,牛皋想抢些钱财做见面礼,不想刚好遇上岳飞等人。岳飞喜他耿直利落,便约他到家中居住。牛皋本不知何去何从,见岳飞热情相邀,便欣然应允。走不多远,来到一个石洞前,牛皋说他母亲还在洞内,便转身进去将母亲接了出来。众人拜过牛母,一齐往王家庄来。不知不觉来到麒麟村,岳飞进去跟母亲说明缘由,将牛皋母子接到家中。从此,两家合成一家,和睦相处。次日,岳飞带牛皋拜见王明,王明见牛皋朴实,心中喜欢,摆筵席为牛皋母子接风,又拣了个吉日,叫他们五人结拜为异姓兄弟。从此,在岳飞的带领下,兄弟五人每日在一起切磋武艺,勤学苦练,丝毫没有懈怠。

结拜

俗称"拜把子"。结认形式大多采取同饮血酒、叩头换帖、对天盟誓等形式,以誓言约束、维护结义关系

牛皋听说众人是周侗弟子,喜不自禁,俯身下拜

第五章

考武举结怨洪先

宋徽宗

宋徽宗赵佶（1082年－1135年），1100年－1125年在位。他统治时期，阶级矛盾激化，农民起义风起云涌。宣和七年（1125年）金兵南下，他传位为钦宗

一天，兄弟五个正在打麦场上比枪，里长来报信，说相州节度使刘光世发下公文来，要各处武童到相州考试，录取以后，再到东京参加大考。岳飞等听到这消息十分高兴。岳飞跟王明去商量，可王明对此事兴趣不大，他认为这不过是那群奸党卖官鬻爵、搜刮民财的一种手段罢了。原来，当时北宋政治黑暗，当朝皇帝宋徽宗赵佶耽溺于声色犬马，不理朝政，宠信蔡京、童贯、王黼等奸臣，导致国库空虚，民不聊生。可岳飞表示，宋朝边疆年年受到侵扰，朝廷军备废弛，只知用岁币来求得一时苟安，战争一触即发。国家正是用人之际，而自己空有一身本事却不为国效力，于心

里长来报信，要各处武童到相州参加考试

何安？王明被岳飞的爱国之情感动，便不再阻拦。

次日，岳飞进城拜见岳父李春，请求把牛皋的名字加进去一同附册送考。李春答应，写信给汤阴县县官徐仁，托他照应。岳飞接过信件，拜谢回家。

第二天，兄弟五人一早便在王明庄上会齐了，各自拜别父母，出庄上马。弟兄们一路上晓行夜住，不知不觉来到了汤阴县。岳飞见到了自己的故乡，想起自己漂泊的身世和亡故的父亲，流下泪来。

在相州节度使衙门前，岳飞等要求进去考试，被中军洪先拦住

晌午，他们来到汤阴县城南，见一个客店的招牌上写着"江振子安寓客商"几个大字，便进去住下。岳飞想当日去拜会知县徐仁，又怕徐仁已经退衙，正踌躇不决。店主江振子道："现在去正好，那县老爷总要到点了才退衙的。"原来这徐仁是个两袖清风、爱民如子的好官，在汤阴县官任上已经连任九年，朝廷几次征调都被当地老百姓留住。岳飞等听了，立即谢了店主，往县衙去了。

岳飞等人到县衙，求见徐仁。门役引到衙内相见，岳飞递上李春的信。徐仁读了信，又见他们个个身材魁梧、英气逼人，非常高兴，吩咐道："贤侄们请先回，都院大人的中军洪先是本县的故交，我会请他照应你们，明天只管赴辕门候考便行了。"

过了一夜，兄弟五人来到相州节度使衙门报到。岳

宋代税官

宋徽宗时期，各种苛捐杂税名目繁多。官吏极尽搜刮之能事，害得民不聊生

徐仁探身出来问岳飞等的考试情况

常例：即旧时按照惯例给的钱物。这是官吏搜刮民财的一种方式。

宋代官服
官服是百官上朝时所穿的公服。宋代官服样式为曲领大袖，腰束革带，头戴幞头

飞上前行礼，请中军洪先领着去见都院刘光世。洪先以为是阔公子送钱来了，乐得眉开眼笑，迎了出来，开口即要**常例**。岳飞等没料到这中军如此贪财，一时身上也没带什么值钱财物，又怕得罪了他，难进考场，只得好语相劝，承诺立即叫家人送来。洪先见他们身上无钱，只当是托辞，立刻板起面孔，爱理不理地叫他们过三天再来。

五人闷闷不乐地上马回旅店，刚走到半路，抬头看见徐仁正乘轿远远地过来。五人连忙下马迎候，徐仁在轿里看见他们，忙吩咐停轿，探身出来问："我正要去见洪中军，托他照应各位，不料贤侄们回得这么快，不知考得怎样了？"众人将洪先索要常例、阻拦考试的事叙述了一遍。徐仁一听，非常生气，说道："太胡闹了，难道非要通过他这个中军才能考试不成？贤侄们跟我走！"五人随徐仁到了节度使辕门。徐仁叫五人在外等候，自己去见刘光世。徐仁拱手道："外面有五名内黄县的武童前来考试，求大人考他们的弓马。"刘光世忙传令让他们上来。五人在阶下拜见已毕，刘光世见他们个个相貌轩昂，心中好生喜欢。这时，中军洪先上厅禀道："这五人的弓马十分平常，中军叫他们回去温习，下科再来，怎么又来触犯都院大人？"徐仁上前禀道："这中军因未得到常例，故此阻拦。这武试三年一次，望都院成全！"洪先当即抵赖，一口咬定岳飞等武艺平平，并表示愿与他们比试一场。刘光世见他们各执一词，既想辨识洪先的忠奸，又想见识岳飞等人的武艺，便指定岳飞与洪先当场比试一番。

洪先与岳飞比试武艺

二人领命，在阶下立好了。洪先使一柄三股托天叉，恶狠狠地向岳飞扑来。岳飞不慌不忙，取过沥泉枪，迎住了洪先的三股托天叉。那洪先有心害人，左冲右突，叉叉致命。岳飞左躲右闪，见洪先叉向他的面门，将头一低，侧身躲过，拽回步，拖枪便走。洪先以为他输了，乘势便追，不料岳飞突然转身，掉过枪杆向洪先肩窝上一点，洪先站不住脚，摔了个四仰八叉，厅上厅下一片喝彩之声。刘光世见洪先果真谎报，盛怒之下，将洪先赶出辕门，宣布永不任用。洪先羞愧满面，抱头离去。

刘光世又测试岳飞等五人的弓箭。岳飞当场开弓三百斤，射中二百四十步外的箭垛。其他四人的箭法虽稍差些，却也不赖。刘光世爱岳飞勇猛，问道："你祖籍何处？"岳飞道："武生祖籍汤阴县孝悌里永和乡，因遭洪灾，家产尽行漂没，幸蒙恩公王明收养，因此住在内黄县。又得先义父周侗教诲，学了些武功。如今只求早日赶考，博得功名，好重还故里。"刘光世听说他想重还故里，一面忙叫书吏编造书册，送岳飞等赴京赶考，一面叫徐仁查明岳家祖留地基，拨款建屋，让岳飞回乡居住。时候不早，众人这才告辞回家。

叉

叉是古代作战时常用的一种兵器。叉分牛角叉、三头叉等。叉法源于枪法，既可刺，也可锁拿对方兵器。三股托天叉即三头叉，这种说法常在小说中见到

第六章
岳飞完婚归故土

岳飞与李小姐拜堂成亲

众人回到旅店,算清了饭钱,告别了店主,回到麒麟村。岳飞将都院刘光世和县主徐仁帮他迁居故土的事告诉了母亲,岳母自然十分高兴。再说各兄弟回家后,都跟父亲说了岳飞回汤阴的事,众员外十分舍不得。后来还是张员外出了主意,说大家可都随岳飞搬到汤阴县去,每家只留一两个仆役在这里看管田产即可。众人都赞同,于是决定择日动身。

第二天,岳飞到县衙去面见岳父李春,禀明回汤阴归宗一事。李春怕女儿的婚事一拖再拖,便主张岳飞先娶亲,再迁居。岳飞本想功成名就后再来娶亲,见岳父主意已定,不好推辞,只得应承下来。岳飞回家将娶亲的事告诉母亲,岳母十分高兴,匆忙准备婚事。王、张、汤三家也纷纷准备给岳飞结婚的东西,帮忙布置新房。

娶亲那天,王家庄上张灯结彩,傧相乐人闹闹哄哄。到了吉时,李春和女儿坐着两乘大轿在前,家丁抬着一些箱笼物件、粗细嫁妆跟随其后,一起来到岳飞家。顿时,鞭炮齐鸣,弦乐响起。喜娘扶出新人,与岳飞拜过天地,送入洞房。李春因为有公务在身,只喝了三杯酒,便起身告辞,员外们留不住他,只得送出大院。

北宋男女陶俑

男俑着圆领长袍,头戴幞巾;女俑上穿窄袖短衣,下穿长裙,头上盘着个大髻。男女相依相偎,再现了北宋普通民众的形象

大家回到厅上，继续欢呼畅饮，尽醉方休。

　　过了三朝，各家打点车马，收拾行装，男女老幼共一百多人，细软车子一百多辆，离了麒麟村，朝汤阴走去。因为一行有老弱妇孺，车行得很慢，过了两天，来到了一个叫野猫村的地方，这里远近三十里没有一户人家。天色渐渐暗了下来，岳飞叫汤怀、张显到前面去找个住的地方。不多时，汤怀、张显回来了，说附近十多里，都是荒郊旷野，只有西边三里左右有一座破庙，虽是冷落，但殿上和两廊还可休息。岳飞立即吩咐车辆马匹向西走，直奔破庙而去。

　　众人到了庙门口，一齐将车辆推入庙内，安顿在屋廊下，眷属们都在殿上休息。那殿后有三四间房，只是窗槛朽烂，没有一片屋瓦，屋角有个灶台，灶上没有锅子。这时候，牛皋已饿得叫嚷起来了，不停地催着点火烧饭。不多时，饭菜齐备，大家草草地吃了一几口，便慢慢地散开去，唯独牛皋搬出酒坛来喝个不停。岳飞劝他不可贪杯误事，牛皋嘴里答应，心里却不以为然。饭后，岳飞安排汤怀、张显在殿后看守，又叫王贵和牛皋分别守着左右两边破墙口。牛皋想道：太平时节，有什么强盗？我们武艺这么高，难道还怕他们不成！于是，

寺庙

　　宋代佛教流行，寺庙众多。宋代中期，庐山一地的寺庙就多达300多座。寺庙不仅出现在名山大川，在一些偏远的县镇也可见到。

细软：细软指珠宝、首饰、贵重衣物等便于携带的东西。

岳飞领众人向汤阴进发

香炉

香炉又称火炉或薰炉,是用于祀神或祭祖的器物。香炉种类很多,有金、银、铜、白铜、赤铜、青铜等。图为青瓷镂孔香炉

更:是古时的一种计时方法,一更为两小时。古人将一夜,即晚七时至凌晨五点,分成五更。到更时,更夫便敲锣报时。

岳飞坐在门槛上,抬头看天

他走到墙边上,拴好马、挂好锏,靠着墙一会儿就打起呼噜来。

岳飞到处巡查,见院里有个石香炉,搬去顶好庙门,这才靠着沥泉枪,坐在门槛上,抬头看天。这时候正是九月下旬,天黑沉沉的,野外更显寂静。将近二更,忽然听得叫嚷声由远及近,一会儿,火光冲天,人喊马嘶,到了庙门口。有人叫道:"懂事的快开门,献出财物,饶你们的狗命!"又有一人说:"不要放走了岳飞!"岳飞听了惊疑不定,不知道这盗贼是谁。这庙门口本是个破的,岳飞顺着破缝向外看。原来为首的不是别人,正是相州节度使衙门里的那个中军洪先。他出身响马,因为被革去官职,怀恨在心,听说岳飞要回乡,因此带了儿子洪文、洪武,纠集了一些旧党前来寻仇。岳飞心想:我守住大门,又安排兄弟们四处把守,他们进不来,等到天亮,自然会散去。于是立在门边守着。

牛皋正在打盹,猛然听见墙外一阵呐喊,便跳起身,提起双锏,骑马冲出破壁,不问青红皂白一阵乱打。王贵唯恐落后,也提起他那把金背大砍刀,来不及上马就跑了出去,手起刀落,那些小喽啰人头落地。洪先一马当先,手里提着一杆三股托天叉,叉住牛皋。牛皋摆动双锏,朝前打去。洪文、洪武则举起两支方天画戟直刺王贵。王贵手舞大刀,杀得洪氏兄弟节节后退。岳飞听见外面已经打起来,赶紧带着汤怀、张显去接应。

洪武见父亲打不过牛皋，便想暗中从侧面偷袭牛皋，而这边洪文却被王贵飞起一刀砍下马来。洪武大吃一惊，一时失神，却被牛皋一锏，削去了半个天灵盖。洪先见两个儿子都死了，痛极攻心，大叫一声，举起托天叉向牛皋冲去。正好岳飞赶到，猛喝一声，洪先略一分神，被张显从后面用钩镰枪扯下马来。汤怀随即一枪结果了他的性命。

岳飞等正在将洪先等人的尸体往殿上拖，准备堆到殿上一起烧掉。

那些小喽啰见洪氏父子已经死了，吓得四散逃命。大家一齐回到正殿。眷属们得知遭遇匪盗，已吓得惊慌不已，见岳飞等人顺利返回，这才放下心来。岳飞和大家商量："虽然说杀了强盗不要偿命，但也免不了要吃场大官司，该如何是好？"牛皋接口说："不如把这些尸首一把火烧了。"大家一致同意。于是，五兄弟将眷属与车辆移到庙外，又叫了几个胆大的庄丁把尸首抬到殿上。牛皋找一些火种，放起火来，霎时，把这座破山庙烧成一块白地。大家上车启程，往相州进发。

经过几天颠簸，一行人到了相州汤阴，岳飞等人把家眷安顿在旅店里，就到汤阴县衙拜见了县官徐仁。徐仁说岳家祖基已经查明了，房子也已经盖好，现在就可搬进去，然后再准备进京赶考，岳飞等拜谢而回。岳飞母子重回故里，不免诸多感慨。从此，岳家和王、张、汤三家就在岳家庄安顿下来。

锏

　　锏是以铜或钢做材料，靠其较大的重量而获得打击力的一种短兵器。锏一般长约90厘米，手柄长约20厘米，打击部分为方形或三角形。

第七章
进京赶考拜宗泽

刘光世嘱咐岳飞到京时将信当面交给留守宗泽

岳飞等将家人安顿在岳家庄新居之后，立即到相州府衙去见刘光世。刘光世勉励他们为国效忠，又亲笔写了一封给留守宗泽的信，嘱咐岳飞到京时当面递交，还赠白银五十两。岳飞等拜谢辞出。

第二天一早，岳飞等告别了家人，向汴京进发。一路上免不了晓行夜宿，渴饮饥餐，走了不少日子，众人终于来到汴京郊外。牛皋早就听说京城繁华昌盛，高兴得手舞足蹈。岳飞怕牛皋粗鲁，和他约法三章："这次进京，一不许单独外出；二要尽量少喝酒；三除非考试所需，否则不可随身携带兵器。"牛皋见大哥发话，心里虽不大情愿，也只好答应。

五人在马上说说笑笑，不知不觉进了汴京南薰门。走不到半里路，一个人从后边赶上来，一把拖住岳飞的马缰绳。岳飞扭头一看，来人是"江振子安寓客商"的店主江振子，叫道："你为什么在京城啊？"江振子叹了口气，说道："一言难尽啊！你们还是住我家客店吧。"原来洪先被革职后，四处寻仇。他听说岳飞兄弟曾在江振子的汤阴店里住过，便领人将店砸了个粉碎。

汴京

汴京即现在河南省开封市，历史上又称汴梁、东京。北宋在此建都长达160多年，历经9代帝王。图为开封塔

江振子在汤阴待不下去了,就搬到了汴京南薰门附近。故人相见,格外亲切,于是岳飞等人安顿在江振子的客店,然后到留守衙门去见宗泽。

这个宗泽是个朝中重臣,官拜护国大元帅,留守汴京,上马管军,下马管民。那天,他正好到朝廷中办事,中午时分才回来。岳飞一行到了留守衙门,站在衙门外等候,没多久,只见宗泽乘着大轿,被众军校簇拥着,朝留守府走来。

宗泽进了衙门后,传令旗牌官:"如果汤阴县岳飞要来,叫他立即进来。"原来,宗泽已收到刘光世一封书信,刘光世在信中赞扬岳飞文武全才,是国家栋梁,要宗泽一定提拔。岳飞等人站在外面候见,心里不免有些紧张。待到召见时,岳飞见自己穿了件白衣,怕不方便,便向张显借了件锦袍穿上,吩咐兄弟们在门外等候,独自一个人进了辕门。旗牌官将他领到大堂上,岳飞递上刘光世的亲笔信。宗泽看了信,又见他富家公子打扮,便怀疑刘光世受了贿赂,立即拍案大喝:"岳飞!你这封书信花了多少钱财买来的?从实招来,如有半句假话,夹棍伺候!"岳飞心里坦然,便从容不迫地将自己的身世和考试经过说了一遍。宗泽听了,虽然将信将疑,但面色总算慢慢缓和了起来。为了验证岳飞所说的话是否为真,宗泽想当场试一

抗金名将宗泽
宗泽(1059年-1128年),字汝霖,婺州义乌人(今属浙江),南宋初著名的主战派抗金将领,在各地抗金义军中威望极高

宗泽看完刘光世的来信,又将身着锦袍的岳飞上上下下仔细打量一番

周世宗柴荣

周世宗柴荣（954年－959年在位），后周皇帝。他在位时，对后周的经济、政治及军事等方面进行了改革，后周实力逐步增强。959年，柴世宗病逝，7岁的儿子继位。赵匡胤发动兵变，建立宋朝，即北宋，封柴世宗子孙世代为王。

试岳飞的武艺。

岳飞跟着宗泽来到箭厅，连选了几张弓都嫌太软。宗泽问道："你平时用多大力的弓？"岳飞道："武生平时开得二百余斤，射得二百余步。"于是宗泽叫人搬出他的三百斤神臂弓，将箭垛放在二百步外。岳飞连发了几支箭，支支射在红心上。放下弓，岳飞又拿起一柄管点钢枪，里勾外挑，使出了七十二般变化。宗泽看了十分高兴，连连喝彩。接着，宗泽又亲自口试行军布阵的策略，岳飞对答如流："交战排阵，不可墨守成规。战场有广、狭、险、易之分。用兵最重要的在于出奇制胜，知彼知己，才能取胜。"宗泽见他句句在理，连声赞叹说："你的确是国家栋梁，刘光世眼光不错。"宗泽与岳飞谈论了半晌，忽然皱起了眉头，叹了口气，对岳飞说："贤侄这次来得真不是时候。"岳飞不知其故，连忙询问什么原因。原来滇南南宁州有个藩王叫柴桂，是柴世宗嫡系子孙，被封为小梁王。他听说朝廷里今年重开武

宗泽向岳飞说起了小梁王行贿考官之事

举,就想夺取状元名号,以树立自己的威信。今年武举的四个大主考一个是丞相张邦昌,一个是兵部大堂王铎,一个是右军都督张俊,另一个就是宗泽。这小梁王备了四份厚礼送给四大主考。其他三位主考都收了梁王的礼物,只有宗泽将礼物退了回去。宗泽感叹道:"论本事,老夫断定你能得状元,但如今可能会有些周折。本该留下你促膝长谈,只怕耳目众多,招来闲言碎语。你先回去,校场再做打算。"岳飞只好告别宗泽,回到旅店。兄弟们见他愁眉不展,连忙问缘故,岳飞怕兄弟们担忧,只把宗泽看他演武的事说了,对于小梁王的事却只字未提。

岳飞兄弟在旅店内猜拳行酒令,大家都玩得十分尽兴,唯有岳飞心事重重

第二天,店主人江振子摆酒席替大家接风。大家猜拳行酒令,十分热闹。张显和汤怀行酒令,牛皋和王贵猜拳,这兄弟四人玩得十分尽兴,酒也喝了不少。独有岳飞心事重重,没喝上几杯,便酒涌心头,打熬不住,靠着桌沿竟睡着了。汤怀、张显见岳飞睡着了,觉得很扫兴,也倒身睡下了;王贵多喝了几杯,已经半醉,不大的工夫也打起鼾来。牛皋乐得独自一人喝酒,喝了半天,见大家都睡着了,心想:他们都睡着了,没人管我,何不趁此机会到外边去看看京城风光?于是他轻轻下了楼,告诉店主人说:"大家都睡着了,不要惊动。"说完,出门往东去了。

酒肆人物俑

这是宋代的一对酒肆人物俑,男子端着酒碗,女子托着酒杯,似在招呼客人。宋代是我国古代酿酒业较为发达的一个时期,大都市里酒馆林立,酒类品种繁多,如中和堂、珍珠泉等都是当时的名酒

第八章
武场外牛皋抢状元

伎乐俑
宋代市井文化十分丰富,有说书、说唱、皮影、傀儡戏等各种艺术表演形式

东京汴梁繁华兴盛,大路上车水马龙,把牛皋看得眼花缭乱。不知不觉走到一个三岔路口,牛皋立住脚,竟不知朝哪个方向走才好。忽然迎面来了两个骑马的人:一个穿白袍,骑白马,身长九尺;一个浑身穿红,骑红马,身长八尺。两人勒马徐行,说说笑笑而来。牛皋侧耳一听,原来他俩正商议着要到大相国寺去游玩。牛皋也曾听过大相国寺的名号,想必是个热闹之地,便跟在他们身后到了相国寺。相国寺前果然人声鼎沸,热闹非凡。

在寺外看了一会儿,牛皋见那两个人拴好马走进天王殿,便也跟着进了天王殿。天王殿里净是说书的人,那两人挤了进去听,牛皋也跟着过去了。说书的人正在讲《金枪杨家将》一段,说书人道:"太宗皇帝驾幸五台山,被潘仁美引诱去看塞北幽州天庆梁王的萧太后梳妆楼,当下闪出金刀杨业,劝太宗不可入虎狼之域。潘仁美乘势奏杨业擅阻圣驾,建议监禁他父子,太宗允旨。那梁王接驾进城,欲图

牛皋来到一个三叉路口,见到两个人:一个骑白马着白袍,一个骑红马着红袍

谋害，幸得杨业领兵解围。"说完一段，牛皋见那穿白袍的人拿出两锭银子给了说书的便转身出来，牛皋也跟着出来。

牛皋听穿红袍的与穿白袍的商议又要到另一个说书场坐坐，便也跟进去。这边的说书人正在讲《兴唐传》。说书人正说道："唐太宗手下大将罗成，奉了军师的命令，独自去拿洛阳王王世充、南阳王朱灿、白御王高谈圣、夏明王窦建德、宋义王孟海公。"那两人听得眉飞色舞，那穿红袍的还拿出四锭银子给那说书人。牛皋还是莫名其妙，没懂这送银子的道理。原来穿红袍的人叫罗延庆，是唐朝罗成的后代子孙；穿白袍的人名叫杨再兴，是宋朝杨业的后人。两人是好朋友，来京城参加武举，乘着有些空闲，到城内观光。因罗延庆多给了两锭银子给说书人，杨再兴不服，双方争论了起来。两个人你一言，我一语，正在争论谁家祖宗更厉害，争了好长时间还相持不下。杨再兴道："也罢，我们回寓所去，披挂上阵，往小校场去比试比试，胜者在此抢状元，败者下科再来。"罗延庆答应，两人争嚷嚷地去了。他们的话却正好被牛皋听见了。

牛皋听说抢状元，心里一惊，心想：幸而被我撞见，不然状元岂不被这两个狗头抢走？他急忙赶回客店，上楼一看，大家还睡着正香。牛皋唯恐耽误了时刻，想自己先去抢了状元，回来再送给大哥。于是，他

牛皋跟杨再兴和罗延庆去听说书

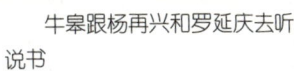：科举时代的一种称号。唐代称进士科及第的第一人为状元，有时也泛称新进士。宋代时，状元主要指第一名，有时也泛称第二名、第三名。

杨业和夫人塑像

杨业（约932年－986年），戏文中又名杨继业，北宋名将。他在抗辽大战中，屡建战功，外号"杨无敌"。雍熙三年（986），宋辽大战，杨业寡不敌众，力战而死

杨再兴和罗延庆正在比武，不想牛皋杀了进来

萧太后
萧太后（953年—1009年），辽景宗的皇后，辽国著名的政治家、军事家。景宗去世后，她掌管辽国朝政27年，使辽国步入鼎盛阶段

将双锏藏在身上，下楼牵马出店去了。

牛皋到了街上，却不认得小校场在什么地方，忽然看见一家篱笆门前有两个老人坐在板凳上说话，便走上去大喝一声："老头儿，爷问你，小校场往哪边走？"其中一个老者听了，气得目瞪口呆，把头扭到一边，不作声。另一个喝斥道："京城地面怎容得你撒野？幸亏我们是老人家，也不和你计较。这里投东转南，就是去小校场的路。"牛皋听了也不道谢，拍马加鞭，直往小校场而去。

到小校场，听见里面有人正在喊好，急忙进去看时，只见那两人双枪对舞，打得非常热闹。牛皋二话不说，拍马上前。杨再兴和罗延庆正打得难解难分，猛见跑进个外人来，这人举锏就往杨再兴头上打来，杨再兴用枪一隔，觉得有些分量。他们互相使了个眼色，双枪并进，齐向牛皋逼来。牛皋不是二人的对手，舞动双锏，架隔遮拦，后来看看有些招架不住，急得扯开喉咙大叫起来："大哥再不来，状元就被别人抢去了！"罗、杨二人听了又好气又好笑，知道牛皋喊的大哥必是有本事的人，很想会会他，就故意逼住牛皋，不放他脱身。

再说岳飞一觉醒来，看见兄弟们都在，单单不见了牛皋。他叫醒了王贵、汤怀、张显三人一问，都说不知道，再问店主江振子，才知牛皋牵马出去半天了。岳飞检查兵器，见牛皋双锏不在，登时吓了一跳，恐怕他闯祸,立刻同王贵等准备马匹兵器外出寻找。岳飞等骑马走到街头,凑巧也遇见了那两个老人。岳飞下马,问他们可曾看到一个提着双锏的黑大汉。老人家见是那黑大汉的兄弟,愤愤地将牛皋问路情状说了一遍。岳飞代牛皋致了歉,按照老人家的指点,直奔小校场而去。刚到小校场门口,便听到牛皋在那里大喊大叫。岳飞见一红一白两位壮汉,缠住牛皋。牛皋因招架不住,已面容失色。岳飞叫了声"莫伤我兄弟",便拍马而上。罗延庆、杨再兴见了,连忙撇下牛皋,双枪挑向岳飞。岳飞并不在意,把枪朝下只一打,"啪"的一声响,两人的枪头同时撞地。岳飞这一手名叫"败枪",是没有解法的。罗延庆、杨再兴见了,大惊失色,拍马就走。岳飞随后赶来,大叫:"好汉留下尊姓大名!"二人回转头来,叫道:"山东杨再兴、湖广罗延庆。今科状元权且让你,日后再会。"说完,飞身离去。岳飞目送二人离开,转身来看牛皋,见牛皋喘息未定。岳飞问明牛皋同二人相打的原因,引得随后赶来的众兄弟一阵大笑。

宋代军戎服

宋代军队作战时穿铠甲。铠甲上面缀有金属薄片,可以保护身体。宋代军服除铠甲外,还有皮制的战衣,也叫皮笠子、皮甲,还有战袄、战袍等

岳飞赶来帮助牛皋,打败了杨再兴和罗延庆两人

第九章
比武枪挑小梁王

次日中饭之后,兄弟几个在街上逛了一圈,选了几把宝剑,回到旅店,天色已晚。岳飞怕误了第二天的考试,吩咐店主道:"明天考试,我们等了三年才这一回,请早些为我们预备。"店主答应,安排大家早早安歇。到了四更,店主上楼请大家起床梳洗。众兄弟梳洗完毕,吃完早饭,各自披挂整齐:汤怀白袍银甲,腰里别着大弯弓;张显绿袍金甲,佩着宝剑悬着金鞭;王贵红袍金甲,像一团火炭;牛皋黑盔铁甲,像一团乌云,只有岳飞还是穿着考童试时那身旧战袍。收拾完毕,兄弟五人一齐走下楼来,一个店小二高挑着红灯引路,另一个店小二托着糖果盒,提着大酒壶,在一旁立着。他们刚上马,店小二请他们每人喝了一杯。众人喝完酒,一齐向校场走去。

他们到达时,校场里已经是人山人海,岳飞领大家选了一个比较僻静的地方等候。这时,一个军士抬了食箩来找岳飞,说是奉宗泽之命送来的。众人赶紧拜谢。

天色渐明,各地

送行

古代有个惯例,参加科举考试的考生只要住在旅店里,考试前夕,店主都会用红灯笼引路,用粮果、酒食送考,以图吉利

岳飞兄弟五人前往校场参加考试

的好汉都已经到齐。张邦昌、王铎、张俊、宗泽四位主考一齐到演武厅就座。张邦昌因为收了柴桂的礼物，故意提起岳飞，说道："听说宗大人的门生岳飞也来应试，请先题上榜吧！"宗泽没料到岳飞仅去过一次留守衙门，就被张邦昌知道了，心里没防备，一时竟找不出理由来反驳他，只好说道："为国选才，应该秉公处理，既然你对我有所怀疑，那我们对天盟誓，表明心迹，然后再考。"说罢，他叫左右摆好香案，焚香立誓道："如存一点欺君枉法、误国求财之念，愿死于刀剑之下。"张邦昌见宗泽立了誓，也不得不在神前立誓："如有欺君枉法，死后在国外变成猪。"宗泽是个厚道人，也不介意他立誓的轻重。

宗泽见他们三个人一心想将状元送给梁王，便命旗牌官唤柴桂上厅，先考考他。柴桂上前作了个揖，就站在一边听令。宗泽责备说："你虽然是个藩王，但既然来考试，便是举子，哪有举子不跪主考官的道理？现在天下英雄群集此地，强中更有强中手，我劝藩王千万不要轻敌啊。"柴桂心怀鬼胎，一时回答不出，只得低头跪下。

张邦昌见宗泽盘问柴桂，以为宗泽是有意为难，便把岳飞叫上来泄愤。岳飞在张邦昌面前跪下，张邦昌道："岳飞，你凭什么来考状元？"岳飞答道："今年几

宗泽在向柴桂问话

藩王：古代称分封及臣服的各国为藩国，藩国首领为藩王。藩王一般为帝王子弟，或是功臣后代。

《恩荫子弟游乐图》

宋朝的恩荫范围十分广泛，一个大臣病故，子弟荫补可多达5人，而朝廷一次性恩荫的最高纪录为4000人，致使寒士十年不得一任

千举子,只有一个状元,个个想得。我不过是力争而已。"张邦昌被岳飞说得哑口无言,不好发作。张邦昌知道柴桂文字好,就命两人先考文字:岳飞使枪作枪论,柴桂使刀作刀论。柴桂受了宗泽一顿训,早已昏头昏脑,下笔写"刀",却写成了一个"力",心里一急,又涂描了几笔,结果刀不成刀,力不成力。岳飞写完"枪论",不慌不忙上来交卷。柴桂也只得交了。张邦昌先将柴桂的卷子看了,笼在袖管里,又拿起岳飞的卷子一看,没料到岳飞的文笔如此之好,便故意把卷子往下一扔,喝道:"这样的文字,也来抢状元,轰出去!"宗泽急忙喝止,叫人递岳飞的考卷上来。岳飞自己拾起来交给宗泽。宗泽展开细看,果然字字珠玑,便说:"岳飞,你难道不晓得苏秦献'万言书'、温庭筠代作《南花赋》的典故吗?"苏秦上万言书遭秦相商鞅忌妒;温庭筠作《南花赋》被晋丞相桓文药死,都是历史上有名的妒才忌能的故事。张邦昌明知宗泽骂他,一时心虚,敢怒不敢言,便命岳飞和柴桂比武,打算等岳飞胜不了柴桂时,再给他难堪。

张邦昌将岳飞的卷子抛下,宗泽忙令递上去给他看

温庭筠:(?—866),唐朝诗人、词人。他的诗词辞藻华丽,多写个人遭际,对时政有所反映。

苏秦

苏秦(?—前284年),是战国时纵横家的代表。他游说赵、韩、燕等六国结成联盟攻打秦国。此后15年内,秦国不敢图谋向函谷关以东进攻

张邦昌叫他俩先比箭,故意命亲随将箭垛摆到二百四十步处,并叫岳飞先射。岳飞开弓搭箭,连射九箭,箭从一个孔眼而出。张邦昌见他箭法出众,又叫他俩比武。

柴桂整鞍上马,手提金背大砍刀,先到校场站定。岳飞虽然武艺高强,心想他是个藩王,胜了也难讨好,不免有点心绪不定。他勉强上马,提枪走到场中央。围观的人以为岳飞怯阵,都暗暗地替他捏了一把汗。到了场中央,梁王低声道:"岳飞,你若肯诈败,我重重赏你;若不依从,小心丧了性命。"岳飞说道:"千岁是堂堂藩王,何苦与这些寒士争名?岂不上负皇上求贤之意,下屈英雄报国之心?千岁不如让这些举子考罢。"柴桂见岳飞不答应,挥刀朝岳飞头顶砍过来,岳飞用枪一隔,架开了刀。柴桂又一刀拦腰砍来,岳飞使个"鹞子大翻身"招架住。梁王见老砍不到人,急火攻心,举起刀来,一连六七刀,岳飞东架西挡,柴桂用尽平生本事,但根本伤不到岳飞。

寒士:旧时用来称贫苦的读书人。

柴桂收刀回马,转到演武厅,对张邦昌说:"岳飞武艺平常,怎能上阵交锋?"岳飞也上前禀告:"我并非武艺不精,只因与梁王有尊卑之别。武场上刀枪并举,难免有伤亡。只求各位大老爷做主,立下生死文书,我才敢交手。"张邦昌暗想,岳飞肯定不敢伤梁王,状元迟早是梁王的,也劝梁王和他立下生死书。柴桂骑虎难下,只得画了花押,和岳飞交换,把文书交给张邦昌收藏。岳飞也下厅去把梁王的文书交给汤怀,悄悄嘱咐他们:"贤弟,我如被杀,你们帮我收尸,如我赢了,梁王的家将出来帮忙,一定要阻拦住。"

岳飞与柴桂比武。柴桂举刀就砍,岳飞只守不攻

岳飞一枪将柴桂挑下了马

柴桂也到了他的帐房,吩咐他的家将们,如果岳飞赢了,大家用乱刀砍死他。

两人重新回到校场,梁王再次威胁岳飞将状元让给他,岳飞不肯。梁王听了大怒,提刀便砍。起初岳飞一让再让,只是自卫,柴桂以为他胆怯,更加肆无忌惮。岳飞忍无可忍,叫道:"柴桂,你好不知轻重!"说完,他举枪刺向柴桂心窝。柴桂见来得厉害,把身一偏,却还是没能避开。岳飞把枪一收,梁王"扑通"一声落下马来,丧了性命。全场举子和旁观的人齐声喝起彩来,左右巡场官和护卫兵丁吓得面面相觑。巡场官叫护卫不要放走岳飞。岳飞神色不变,下马把枪插在地上,等候裁判。

巡场官飞奔上来报告:小梁王被岳飞刺死。张邦昌听了,大惊失色,喝令将岳飞绑下。刀斧手立即将岳飞绑到厅前。柴桂的家将们听说主人被刺死,正要拿起兵器替柴桂报仇。但汤怀、牛皋等早已摆开了阵

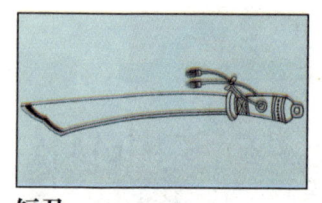

短刀

短刀刀身长于刀柄,刀柄只可一手或两手执之。短刀有单刀、双刀、砍刀、九环刀等之分。用短刀击敌,可攻可守,灵活锐利,在战斗中能发挥巨大作用

势,拦住他们。那些家将见风头不对,打算从帐房后溜出来,张显用钩镰枪一挑,将一座帐房扯去了半边,大喝:"谁敢动,休怪手下无情。"吓得那些家将们再也不敢动弹了。

张邦昌一心要替柴桂报仇,不顾先前立有生死文书,传令要斩岳飞,被宗泽喝住:"若杀了他,众举子不服,你我都有性命之忧,还是请皇上裁夺吧。"张邦昌道:"岳飞目无尊卑,人人得而诛之,斩!"牛皋听说要斩岳飞,大声喊道:"天下哪个英雄不想得功名?岳飞武艺高强,挑死梁王,不但不能做状元,反要斩首,我们不服!不如先杀了这瘟考官,再去与皇帝老子算账罢!"说完,双锏一摆,就向中央大旗杆打去,顿时"轰"的一声,大旗倒了下来。众举子见张邦昌等欺人太甚,齐声喊道:"我们谁不望博得功名?现在梁王仗势强占状元,谋害贤才,我们不答应!"一时间校场内一片喊杀之声,吓得张邦昌手足无措,连忙求助宗泽。宗泽建议先放了岳飞,解决眼前危难。张邦昌无奈,只得叫人松了岳飞的绑。岳飞捡回了一条命,也来不及去叩谢,拿了兵器上马就走。王贵砍开校场门,五人一齐逃出。场里的举子见考场大乱,都一哄而散。岳飞逃出校场,匆忙和大家回旅店,收拾行李,赶回汤阴。

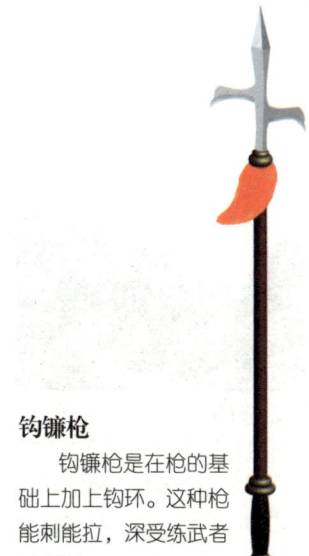

钩镰枪

钩镰枪是在枪的基础上加上钩环。这种枪能刺能拉,深受练武者的喜爱

牛皋举起双锏向中央大旗杆打去,顿时"轰"的一声,大旗倒了下来

第十章
三关陷落失黄河

女真族的发源地——长白山

"白山"即长白山。五代时，史籍中便有了女真族生活于长白山一带的记载

宋徽宗年间，生活在东北"白山黑水"之间的女真族日益强大起来。政和五年秋，女真族首领完颜阿骨打在黄龙府即位，国号大金。他常听说中原财丰物帛，一心想要夺取宋室江山。一天，金国派到宋朝当奸细的军师哈迷蚩回来了，向阿骨打奏道："臣在中原得知老南蛮皇帝徽宗让位给小皇帝钦宗。这小皇帝自即位以来，不理朝政，任用奸臣张邦昌等为相，贬黜宗泽等忠臣，对内欺压百姓，对外屈膝投降。"阿骨打听了十分高兴，择定于当月十五日挑选扫南大元帅，准备进犯宋朝。

军师哈迷蚩正在向金国皇帝完颜阿骨打汇报宋朝的情况

那天，阿骨打命人将一座一千多斤的铁龙放置在演武厅前，承诺说只要有人能举起这个铁龙，就封他为昌平王、扫南大元帅。旨意一下，那些王子、元帅们纷纷上来试举，这个摇摇，那个拔拔，但个个满脸羞愧地退了下去。阿骨打叹息道："当年项羽拔山，子胥举鼎，我国满朝文武，竟没有一个人能举得起这千斤之物吗？"这时，四太子兀术走上前去，调息运气，然后左手撩起衣服，右手把那铁龙的前脚往上一提，就举了起来，文武百官齐声喝彩。兀术又将铁龙连举了三次才扔下。阿骨打非常高兴，封他为昌平王、扫南大元帅，总领各路兵马。选定吉日后，兀术率兵五十万兵马，启程向中原进发。

兀术带着大队人马来到了潞安州城下叫战

兀术率领大军在路上走了一个多月，才到了宋境第一关潞安州。潞安州节度使叫陆登，人称小诸葛。他手下只有五千来兵马，听说金兵大举来犯，怕城外的百姓遭金兵荼毒，赶紧派人出城，劝城外的百姓全部进城居住。陆登又命各营将士到城下分班防守，并于即日发动全城工匠居民在城头上、水关上，布置了各种各样的防守设备。陆登又写了告急奏章，连夜派人送往汴梁；还写了两道文书分送两狼关韩世忠处、河间府张叔夜处，叫他们准备迎战。一切安排停当，陆登亲自上城，昼夜巡查。

兀术大军在离城五十里的地方安营扎寨。陆登站

项羽

项羽（前232年—前202年），名籍，下相（今江苏宿迁）人。秦末时著名将领及政治人物，传说他有拔山的神力。他打败秦军主力，自封西楚霸王，后败于汉王刘邦之手，自刎乌江

陆登单枪匹马来会兀术

到城头一看,只见金营里人山人海,剑戟丛生,果然十分威风。有的兵将想趁金兵立足未稳,出城杀个痛快。陆登劝道:"敌人锐气正盛,我们应该坚守,等待援兵到来。"

兀术问军师哈迷蚩:"这潞安州是什么人把守?"哈迷蚩说:"这里的节度使陆登,绰号小诸葛,善于用兵。"兀术听了,就想去会会,于是带领五千人马来到城下叫战。陆登提枪上马,吩咐将士开了城门,放下吊桥,单枪匹马地来会兀术。

兀术是个爱才的人,见陆登豪气逼人,叫道:"陆将军,我率领五十万大军来攻宋朝,潞安州是第一道关。我早听说你是条好汉,特意来劝你,要是你愿意投降,我就封你做王爷,你觉得怎样?"陆登大喝道:"休要胡说!本来宋金各守边界,你们领兵来犯,是什么道理?"兀术说:"将军,有德行的人才能做皇帝,

女真将士

女真族人人能征善战,又以骑射得天下。女真人的体育活动,基本都与尚武习俗相关,如摔跤、击球、射柳等。

昏君人人得而诛之。宋朝皇帝贬谪贤良，亲近奸佞，大兴土木，弄得民不聊生。我们派出仁义之师，只为解救水深火热之中的百姓。将军如果顺天应命，还可封个侯王。如果执迷不悟，你这小小城池将会被夷为平地。"陆登大怒，对着兀术举枪就刺。兀术举起金雀大斧掀开了枪，回斧就砍。陆登抡起枪来迎战，打了五六个回合，哪是兀术的对手，只得掉转马头往回奔。兀术从后面赶来，陆登大叫："城上放炮！"兀术一听，吓得掉转马头就跑。

宋代云梯模型

云梯是中国古代战争中用以攀登城墙的攻城器械。宋代云梯采用了折叠式结构，中间以转轴连接，并在梯底部增添了防护设施

过了一夜，兀术又到城下来讨战，陆登与兀术大战了一场，知道他的厉害，叫人在城上挂起"免战牌"，不管金兵怎么叫骂，就是不出战。过了半个多月，由于潞安州守得如同铁桶一般，兀术攻不进去，有些心急了，叫士兵带上云梯，偷偷渡过护城河，将云梯靠在城墙上，逐个往上爬。领头的金兵刚要上城，见城上没啥动静，正在疑心，忽然听见城上一声炮响，守城将士们将熬好的热粪洒下去，那些金兵们一个个全翻下云梯，都摔死了。

金兵夜袭潞安州，落入城上早已设置好的机关当中，损失惨重

回到营中，军师哈迷蚩献计："陆登白天占了便宜，必定疏忽大意，不如晚上再去偷袭。"黄昏时，兀术领了五千兵马，带了云梯，渡过护城河，金兵们顺着云梯悄悄爬进了城垛。忽然一声炮响，刹那间，城头上灯火齐明，金兵人头一个个被抛下城来。原来城上用竹子撑着丝网，网上全都挂着倒须钩。那些爬上城的金兵看不见，都撞进了网里，全被杀了。

兀术无计可施，心急如焚。几天后的一个晚上，陆登正好回城内衙门处理

宋代大炮

宋朝大炮是运用械杆原理推动的抛石机。宋军便利用它把爆炸性火器掷向敌军。但由于当时科学技术落后,大炮的战场作用依然很有限

河间府节度使张叔夜听说金兵夺取了两狼关,正朝河间府奔来,自知不是对手,决定诈降,于是在城上竖起降旗,派人到城外犒劳金兵

公务,守城士兵们放松了防守。不料,兀术又带一千多人,悄悄来到水关。哪知水关也被网拦着,网上到处是铜铃,一碰就响。守城官兵忙用挠钩收网,兀术却立即用刀割断网上的绳子,跳上岸来,杀死守门的宋军,打开了城门,他又放下吊桥,吹响胡笳,外边的金兵一拥而入。宋军寡不敌众,潞安州失守。陆登闻报,夫妻俩自杀殉国,留下一个年仅三岁的幼子陆文龙。

兀术占据了潞安州,又率领大军来夺取两狼关。汴梁节度使孙浩率领五万大军前来救援,想趁兀术没防备,杀敌立功,就率领全军,冲进了金军大营。金兵人多势众,宋军如羊入虎口,很快招架不住了。韩世忠得知孙浩杀进金营,大吃一惊,只好和大公子韩尚德一起带兵去接应孙浩。兀术派金兵团团围住韩世忠父子,自己则率领大军直奔两狼关。

韩世忠的妻子梁红玉亲自出关迎战。兀术喜她是个女中豪杰,劝降了一番,被梁红玉一口啐了回去。梁红玉抡起手中的刀就向兀术砍去,兀术举斧相迎。梁红玉哪是兀术的对手,打了三四个回合,败下阵来,只得掉转马头,朝关内急奔,那兀术在后面紧追不舍。宋兵接应梁红玉入关,推出铁滑车挡住金兵,炮手们也立即点火开炮。不料大炮不但没有炸到金兵,还把两狼关炸开一个大缺口。兀术趁机率领金兵涌进关内。梁红玉指挥宋兵抵挡了一阵子,眼见难以挽回败势,只好率兵逃走,躲进一处树林中。这边韩世忠

父子左冲右突，总算杀出了重围，到了关前，看见关上都是金国旗号，只得撤离，也向那树林走去。一家在树林里团聚后，韩世忠决定去京城请罪。

金兵已经逼到黄河对岸的消息传到汴梁，徽、钦二帝吓得慌了手脚，钦宗一面派康王赵构到江南去召集各路兵马来勤王，一面拜李纲为平北大元帅，宗泽为先锋，领兵五万赶往黄河退敌。李纲率军来到黄河口安营，派兵把守沿河一带。兀术的大军就在河的对岸，正在抓紧时间打造船只，准备过河。为了防备金国的奸细过河窥探，李纲派随从张保守住黄河口。晚上，张保坐了条小船来到河对岸，把船藏在芦苇中间。上岸后，张保悄悄地潜入金营，抓了个金兵一问，才知道自己到了兀术手下黑风高的造船厂。张保杀了一些船匠、金兵，放了把火，把船厂烧了，然后才来到河口，摇船回去了。

金人没了船只，正愁没法过河，不料猛然刮起大风来，连续几天阴云密布，细雨绵绵，天气非常寒冷。没几天，黄河就结了一层厚厚的冰。兀术大喜过望，带领金兵踏冰渡河。宋军见金兵来势汹汹，吓得丢盔弃甲，拼命向南逃去。张保见势不妙，连忙跑进营房，背了李纲就走。宗泽见兵将们都弃营逃走了，只好随着大家向南奔跑。李纲和宗泽还没有回到京城，朝廷就降下圣旨，将他们削职为民。

黄河封冻，兀术带领金兵踏冰过河，宋兵见状，拼命南逃

黄河天险

在宋与北方少数民族的对峙中，黄河易守难攻，是重要军事屏障。一旦北方的骑兵突破黄河天险，中原的各大战略要地都会受到威胁

第十一章
奸臣卖国献二帝

朝廷上,多数官员主张抗战坚守,只有张邦昌提出送礼求和

狼主:古时少数民族对本族君主或首领的称呼。

宋徽宗的《听琴图》
宋徽宗主政时期,奸臣当道,国库空虚,民不聊生,内忧外患,纷至沓来

兀术率领大军,没遇到任何抵挡,从从容容过了黄河,一路来到汴梁城外,在离城二十里的地方安顿下来。钦宗慌忙召集文武百官商议对策,百官中少数主张背城一战,多数主张死守,等待援军,唯有张邦昌建议准备厚礼求和。

张邦昌的主张最合钦宗的心意,钦宗当即命人准备黄金美女,由张邦昌带去见兀术。

张邦昌在金营外求见,兀术听说他是个大奸臣,吩咐将他杀了,军师哈迷蚩劝道:"目前正用得着奸臣,等得了宋朝天下,再杀他不迟。"兀术觉得言之有理,立即宣张邦昌进来。张邦昌见了兀术,献上礼单。兀术道:"只要你归顺大金国,我就封你为楚王。"张邦昌立即叩头谢恩。兀术于是让他献计夺取宋朝江山。张邦昌道:"只要先绝了他的后代,就能夺得他的江山。"兀术一喜,问道:"如何绝了他后代?"张邦昌道:"狼主可向钦宗要一个亲王做人质。如若不肯,便以不肯退兵相要胁,不怕他不把亲王交出来。"兀术于是派左丞相哈迷刚、右丞相哈迷强和张邦昌去见钦宗。

张邦昌回来对钦宗说了兀术的条件，钦宗一时犹豫不决。京城几万百姓获知消息，齐集在宫门前，跪在地上，恳请钦宗千万不要应允，并请求钦宗革了张邦昌的职，起用李纲、宗泽等人坚守京城，待勤王兵马到达后杀退金兵。

钦宗是个胆小怕事的人，他没有听从百姓的劝告，答应了兀术的要求。钦宗来到后宫见了徽宗，向徽宗哭诉道："金人要一个亲王作为人质，才肯退兵。"徽宗听了，流下泪来。他知道这是奸臣张邦昌的主意，但一时也没有办法，只得忍痛割爱，叫来十五岁的赵王，跟他说了一番保护祖宗基业之类的话。赵王是个孝子，见父亲为难，只得答应。临别前，赵王对着汴京放声大哭一通，才跟着新科状元秦桧来到金营帐房外。兀术叫人把赵王请进来相见，当差的金兵听错了，以为叫他把赵王拿进来，便走过去一把把赵王拉下马，拖了就走。秦桧忙在后面喊："不要把我们殿下吓坏了。"谁知拖到殿上一看，赵王早就被吓死了！

兀术叫秦桧将赵王掩埋了，又去向张邦昌讨计。张邦昌道："还有一个九殿下康王赵构，我去给你要来。"张邦昌回到朝廷，见了徽宗，假心假意地哭道："赵王不小心摔下马，死在了金营。现在兀术非要一个亲王做人质，才肯退兵。如果不答应，就要杀进宫来。"徽宗听了十分难过，但为了偷安一时，只得将康王赵构找来。

宋钦宗

宋钦宗赵桓（1100－1161），靖康元年金兵南下时，受父亲徽宗禅让即位。次年被迫起用主战派李纲抗金，但仍向金求和。汴京城破后，与徽宗被金兵俘掳北去，囚于五国城，后死于金国

钦宗告诉徽宗，金国要一个亲王为人质，才肯退兵，徽宗忍不住流下泪来

宋徽宗的《芙蓉锦鸡图》
宋徽宗政治上虽昏庸不堪，艺术上却造诣颇深。他善书画，绘画重视写生，以精工逼真著称。其《芙蓉锦鸡图》画工工整富丽，有很高的艺术价值

康王无奈，不得不答应去金营为质。徽宗、钦宗派了吏部侍郎李若水护送康王到金营。

张邦昌道："九殿下已经要来了，朝内再也没有小殿下了。"兀术一听，恐怕这位宋朝亲王又被吓死，连忙派了军师亲自出门迎接。李若水暗暗嘱咐康王，要随机应变，不可以折了锐气，康王答应。

兀术见康王十五六岁光景，是个唇红齿白的英俊小生，非常喜欢，便道："果然长得好，殿下如果肯拜我为父，我取得了江山，便扶你做皇帝。"康王听说还他江山，便勉强拜他为父。兀术十分高兴，立即另立帐房给康王居住。兀术敬佩同来的李若水是个忠臣，也将他留在军师的营帐前听令。

第二天，兀术又问张邦昌下一步计策。张邦昌道："下一步，我将徽、钦两位皇帝送给狼主。"兀术很高兴，依计而行。

张邦昌回到汴京来见徽、钦二帝，道："臣听兀术君臣议论道：'康王毕竟是个亲王，最好是将五代先王牌位也拿来。'臣以为，这牌位又不能退敌，先放在他那里也行，等到各省勤王兵马到了，再迎回来也不迟。"徽、钦二帝听了，一齐到太庙去痛哭了一场，捧出五代祖先牌位来，要交给张邦昌。张邦昌又提出要二帝亲自送到金营，两位皇帝无奈，拿着牌位出了城门，刚走过吊桥，就被一拥而上的金兵绑了起来。

康王赵构拜兀术为父

钦宗、徽宗二帝被押送往金国

徽、钦二帝做了俘虏，除了康王赵构在金营为人质外，从后妃、亲王到所有皇族，都被金兵抓住。兀术怕宋朝百姓不服统治，又怕各地勤王兵马赶到，不敢久留，立即将张邦昌立为皇帝，国号大楚，自己则带领原班兵马暂时回国。金人将徽、钦二帝押上囚车，又将太子、公主、后妃、亲王，以及不肯服从张邦昌的文武百官，编入俘虏队伍带往金国。兀术还从投降的官员中选了秦桧等人，也带在军中，还强迫大量工匠、优伶随行。

到了黄龙府，金国皇帝完颜阿骨打大宴有功将帅，席间对赵佶、赵桓百般戏弄。李若水看见自己的君王受到这样的侮辱，怒不可遏，指着阿骨打的鼻子就骂。阿骨打十分恼火，下令割去他的十根指头。十指被割，李若水还是举着血淋淋的手指，骂不绝口。李若水又被割去舌头。他成了一个血人，趁人不防备，猛然扑过去，抱住阿骨打就咬。金将们一齐拥上去，将李若水扯开，一阵乱刀，砍成肉泥。

优伶：古代以乐舞戏谑为业的艺人的统称。

五国城云渊碑

五国城，今黑龙江省依兰一带。宋徽、钦二帝被金人所俘后，囚禁于此。"云渊"二字相传为宋徽宗手书

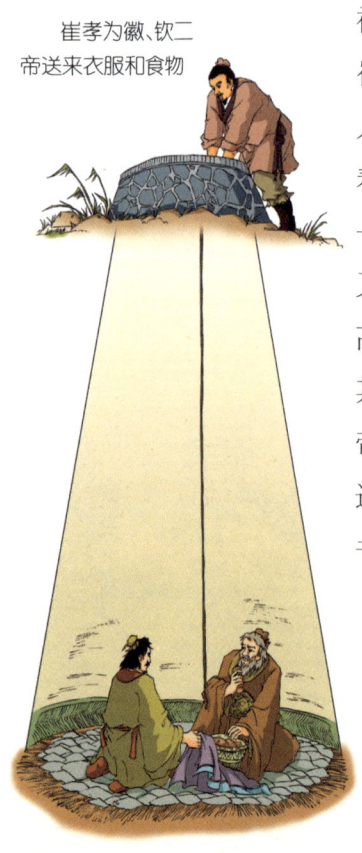

崔孝为徽、钦二帝送来衣服和食物

第十二章

脱金营高宗登基

阿骨打将徽宗赵佶"封"为"昏德公"，将钦宗赵桓"封"为"重昏侯"，押往五国城监禁起来。其他的俘虏一律分配给金国贵族当奴隶。二帝被关在一口枯井里，每日坐井观天。

当时金营里有一位汉人，他是当年北宋代州雁门关的总兵崔孝，流落在金国已经十八年了。崔孝善于医马，经常在金营里四处走动，和金兵们混得很熟。他听说徽、钦二帝被监禁在五国城里，就取了两件老羊皮袄，烧了几十斤牛羊脯，又带了一根长绳，来到五国城。崔孝进了五国城，一边走，一边寻找。因为城里拘禁犯人的土井很多，他从早上找到中午，喊了半天，也没找着。崔孝是个上年纪的老人，渐渐觉得腰酸腿疼，蹲在一个井边就睡着了。醒过来时，他听到有人喊"王儿"，又有人答"王儿在此"。崔孝心想，井下定是二帝了，便高声叫道："万岁，臣是代州雁门关总兵崔孝。臣没有其他东西可以孝敬，只有这些牛羊脯和两件皮袄，愿二帝保重龙体啊！"然后，他用绳子把衣服和食物绑了，送下井去。崔孝听说康王赵构在金营，建议二帝写诏书，叫康王逃回中原，即位为帝，然后发兵来救二帝回国。二帝于是扯下了一块白衫，咬破指尖写了一封血书，将书信绑在绳子上。崔孝吊上来，藏在衣服里，哭着离开五国城，又四处打听康王的消息。

转眼又到了来年春天，兀术再次带领五十万人马杀奔中原，这次崔孝也随军出征。兀术大军一路走走停停,到达黄河边上时已是六月中旬。兀术见天气炎热,准备等天气稍凉以后再渡河。不知不觉到了七月十五鬼节。那一天,金兵营里搭起了一个芦篷,摆了些猪羊鱼鸭之类,准备祭祖,王爷们站在旁边伺候。只见兀术骑着匹火龙驹,后面跟着一个王子,朝芦篷而来。崔孝也跟在人群后面来看,一打听才知道那王子就是康王。突然,康王的坐骑打了个趔趄,几乎将他摔下马来,飞鱼袋里的雕弓掉到了地上。崔孝见状,连忙帮康王拾起雕弓,并乘机和他搭讪。兀术见崔孝是个中原人,又在金国待了十九年,便命他专门服侍康王。

康王看到了父兄写的血书,一时泪如泉涌

祭完祖后,众人回到营中摆筵喝酒,康王也坐在中间。金国王子见兀术偏爱康王,心怀忌恨,对他冷眼相看。康王想起父兄还在金国为俘虏,自己国破家亡,祖先无人祭祀,不觉流下泪来,于是借口身体不舒服,回到营房休息。崔孝紧跟其后进了营房,支开康王身边的金兵,从夹衣内取出徽、钦二帝的血诏,献给康王。康王接过父兄写的血书,一看再看,一时泪如泉涌。突然,外面金兵来报:"狼主来了。"康王赶紧收好血诏,出营相接。

兀术刚进帐房,忽见对面帐篷上停着一只怪鸟,朝营房发出一阵怪叫。兀术问:"这是什么鸟,好像说南方话。"康王也不知道是什么鸟,骗他道:"这是种怪鸟,

后母戊鼎

祭祖习俗自古便有。历代帝王都有祭祖的习俗,且一年举行多次。这种习俗民间也有,只是相对简单一些。后母戊鼎是商王祭祀祖先的器皿

康王逃至夹江边上,见兀术追来,举手扬鞭,那马驮着康王向江心跳去

看见了不吉祥,它正在辱骂父王呢。"兀术听了大怒,要射它下来。康王道:"让我来吧!"他拈弓搭箭,一箭射去,那鸟张开翅膀,飞走了。康王有意逃出金营,便跳上马,假意去追那鸟。兀术以为康王只是小孩性情,只为去追那只鸟,也不去管他,仍回大帐喝酒去了。那康王离了营房,快马加鞭,一口气跑出了几十里。兀术好久也不见康王回来,怕他年轻,不善骑马,跌下来摔坏,便跳上马去追。

不一会儿工夫,兀术从后面赶了上来,边追边喊:"王儿,快往回走!"康王听见了,吓得魂不附体,只管往前奔,奋力跑到夹江边上,举目一望,江水茫茫,前无道路,后有追兵。康王心里一急,举手扬鞭,那马吓得两蹄一举,背着康王就往江心一跳。兀术远远地看见,大叫"不好",赶到江边一看,不见了康王的影子,只好转身往回走。兀术回到营房,含泪将把康王追入江心的事说了,众人劝他节哀顺变。

其实康王并未淹死,那马神力,腾空跃起,便将康王驮过了夹江。不知不觉来到一处密林,康王抬头一看,天色已晚,附近只有一座古庙,只得将就着在庙里过了一夜。次日天刚破晓,康王便出了林子,向人打听县衙的所在。

夹江属磁州丰丘县所辖,县主名叫都宽。那天,衙役来报告都宽,说有一个自称

《套马图》

《套马图》生动地描绘了金朝女真骑士的矫健身姿。金国有骑射习俗,从王公大臣到贩夫走卒,都能征善战。相较而言,宋朝人大多不善骑射,多数王孙公子手无缚鸡之力

是康王赵构的人来见。都宽一听,不敢怠慢,立即出衙门迎接,见那人虽然落魄,但举止高雅,衣着华贵,知道是康王不假,倒头便拜。都宽将康王迎到衙内,一面送酒饭,一面准备兵马守城,并派人通知各路兵马前来保驾。不多时,御营都统制王渊、河北都统制张所率兵在城外候旨。君臣在县堂相见,抱头痛哭。丰丘城低兵少,如果金兵追来,十分危险,王渊建议康王前往南京即位,然后招贴榜文,召集四方豪杰。主意已定,康王君臣择日启程,前往南京。沿途州县官吏得知,都来送粮食供给。

《中兴瑞应图》
此图描绘的是北宋汴京沦陷后,康王赵构仓皇逃往江南,在南京即位,建立南宋的历史故事

君臣到了南京,大臣们献上王冠龙袍。五月初一,康王在南京即位,是为高宗,改元建炎,大赦天下,召集四方勤王兵马。数日之内,赵鼎、田思中、李纲、宗泽等各路节度使、总兵都来护驾。宗泽又向高宗保举了岳飞。高宗早就听说过岳飞挑死小梁王的事,很欣赏他,当即下诏召他来共同抗金。

南京:即今天的河南商丘。南京为宋朝的四京之一,其他三京即东京开封府(今河南开封),西京河南府(今河南洛阳),北京大名府(今河北大名一带)。

宗泽保举岳飞,高宗立即下了一道召岳飞前来抗金的圣旨

第十三章
守忠义岳母刺字

宋《晒粮图》
水稻、小麦是宋朝的主要粮食作物,这些作物受气候的影响较大,农民往往是靠天吃饭。一旦遇上水旱虫灾,人们无以为生,常常聚山为盗

再说岳飞五兄弟那天杀出校场后,一路往汤阴逃去。路上王贵生了病,耽误了些日子,恰巧太行山的强盗杀至京城外,宗泽奉命剿匪,兄弟几个前去助阵,大获全胜。宗泽带他们回去领赏,不想张邦昌从中作梗,岳飞只封了个"承信郎"的小官。宗泽怕奸臣陷害他们,就让他们先回了汤阴,准备等待时机再向朝廷举荐。

自从岳飞枪挑小梁王,名声大振。同科武生施全、赵云、周青、梁兴、吉青仰慕岳飞本事,一心想要追随,于是众人义结金兰,同回汤阴。回到家乡之初,众兄弟终日修文演武,日子过得还算快活。不料那年汤阴县流行瘟疫,王员外夫妇、汤员外夫妇相继离世。隔年旱荒,

岳飞正在练武,王贵等人过来想拉他一起到太行山当强盗

米价飞涨，饥民遍野。牛皋、王贵、张显等一伙兄弟，仗着有些武艺，到太行山做强盗去了。牛夫人屡劝不止，活活气死了。唯有岳飞务农养家，苦守清贫。这年岳飞已经二十三岁。自结婚以来，生养了几个子女，长子岳云已经七岁。岳母姚氏和妻子李氏克勤克俭，一家老小倒也过得平安。

一天，岳飞正在武场练枪，王贵、牛皋、施全等人走来，想拉他入伙。岳飞劝他们不要再取不义之财，众兄弟不听，岳飞一气之下，用枪在地上划了一条断纹，说道："为兄与你们划地断义，各自珍重。"王贵等无奈，骑马往太行山去了。

岳飞十分难过，无心练枪，回到房中闷坐。想起自从汴京回到家乡，接连听说汴京陷落，徽、钦二帝被俘，张邦昌做了傀儡等消息，不觉为多难的国家忧急。如今康王赵构已在南京即位，各地勤王兵马正往南京聚集，不知何日才能发兵北上，收复失地。正在想得入神之际，忽然外面传来叩门声。岳飞打开门，见门外站着个陌生人，双方见了礼，岳飞问道："兄长有何见教？"那人也不回答，径直走到中堂，把一个沉重的包裹放下，倒头便拜道："小弟于工，湖广人氏，今年二十二岁。久慕岳兄大名，特意来投奔，想学些武艺。如果兄长不嫌弃，情愿结为兄弟，留在岳家庄，以便朝夕讨教，不知意下如何？"岳飞喜他直爽，是条好汉，遂与他结为兄弟。结拜完毕，于工取出二百两白银交给岳飞，岳飞推

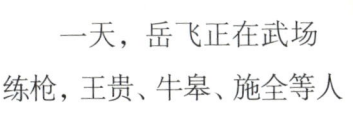

岳飞开了门，见门外站着一个陌生人

傀儡：本义为木偶戏里的木头人。后人用来喻指受人利用、毫无自主权的人或集团。

宋代银锭

因白银是一种可以称量的货币，北宋时，政府将大量白银铸成银锭。

王佐拿出财宝，请岳飞加入杨幺的起义队伍，被岳飞拒绝

陆贾、萧何： 陆贾，汉初楚人，政治家，能言善辩，跟随汉高祖平定天下。萧何，汉初人，善于言辞，曾为刘邦说服淮南王黥布叛楚归汉。

盘

盘是人们常见的日用器皿，可分为果盘、汤盘、托盘等。宋代盘与前朝相比，器型较为简单实用，以折沿口盘最为多见，装饰图案多在盘心

辞不过，拿进去交给母亲。于工又向岳飞要了个大盘子，将盘子摆在桌子中间，打开包裹，取出十个马蹄金、几十粒大珍珠、一件猩红战袍、一条羊脂玉玲珑带，各盛在盘内，然后从胸前取出一封信，叫岳飞接旨。

岳飞对眼前一幕不敢置信，心想：朝廷下旨为何不派汤阴县的县主徐仁来呢？这圣旨肯定来路不明。于是他问道："贤弟，这圣旨是从何处来的？说明了，我才能接。"那人这才说出实情："不瞒大哥，小弟并非于工，是洞庭湖义军领袖杨幺的军师王佐。因为朝廷信任奸邪，劳民伤财，致使人心离散。目前徽、钦二帝被俘，天下无主，我主公应天顺人，有志恢复中原，以安百姓。久慕大哥文武全才，特派小弟来请大哥，去洞庭湖襄助大业，共享富贵。"岳飞听了，大吃一惊道："原来如此。我岳飞虽然无才，但毕竟曾是宋朝的承信郎，怎么会背国投贼呢？"王佐劝道："古人说：'天下非一人之天下，惟有德者居之。'二帝都是昏君，又被兀术俘虏了。现在天下无主，人们流离失所，大哥何不趁此时建功立业！"岳飞答道："贤弟，不用再说，我岳飞生是宋朝人，死是宋朝鬼。你纵有陆贾、萧何那样的口才，也难改我对宋朝的忠诚。贤弟既然与朝廷为敌，住在敝庄，恐怕有些不方便。你快将礼物收好，去回复你家主人，以后千万不要再打我岳飞的主意。"王佐见岳飞说得慷慨激昂,无可奈何,只得把礼物收好,拜别岳飞,悄悄出了门。

岳飞送走了王佐,来到母亲房中,将刚才王佐劝降一事说了。岳母听后想了一想,吩咐岳飞:"你去中堂摆好香案,等我出来,我有话跟你说。"岳飞答应一声,取了香烛,走到中堂,搬过一张桌子放在中间,又取一副烛台、一个香炉,摆列端正,再去请母亲出来。

岳母叫岳飞拜过天地祖宗和周侗灵位,然后命他跪下,吩咐李氏取过笔墨和绣花针,要亲手给他在背上刺字。岳母道:"娘见你不受叛贼的诱惑,甘守清贫,不贪浊富,非常高兴。但怕我死之后,又有一些不肖之徒来勾引你,你一时失了志气,做出不忠不孝的事来。今天,我祝告天地祖宗,要在你背上刺下'精忠报国'四个字,愿你做个忠臣。娘死之后,大家都说我教子有方,我也含笑于九泉了。"岳飞听了,脱下上衣,跪在地上。岳母先取笔在岳飞正脊上写下"精忠报国"四个字,然后拿过绣花针,在他背上一针一针地刺。每刺一下,岳飞的肉就一耸,岳母流下泪来,边刺边问:"我儿痛吗?"岳飞咬着牙只回答不痛。岳母刺完字,将醋墨涂在上面,这字便永远不褪色。岳飞站起来,穿好衣服,叩谢母亲的训诫之恩,回房安歇。

《岳母刺字》画

岳母为了激励岳飞尽忠报国,在他背上刺下"精忠报国"四个大字。岳母刺字和岳飞抗金的故事,一直在民间流传

岳母在岳飞背上刺下"精忠报国"四个字

第十四章
八盘山小胜金兵

南宋武将

南宋建立以后，由于禁军主力崩溃，高宗不得不允许武将掌兵，韩世忠、岳飞等武将渐渐被朝廷倚重。

第二天，汤阴知县徐仁捧着真圣旨来到岳飞家，将康王赵构在南京称帝，正召集人马与金军大战，传旨要岳飞到朝廷为国效力的事说了。岳飞欣喜异常，终于等到杀敌报国的这一天了，他内心激动万分。徐仁叮嘱岳飞连夜准备，明日动身，然后自回县里准备粮草去了。第二天，岳飞辞别了母亲妻儿，抱着满腔的报国热情，直奔京城而去。

岳飞同徐仁到了京城，在午门外候旨，宋高宗立即召见他。高宗见岳飞身材魁梧、相貌堂堂，十分欢喜，封他为总制，分配在张所营前效命。高宗又将自己亲手

岳飞到张所营中挑了800名士兵，作为先行部队出征

画的阿骨打的五位王子粘罕、兀术等兄弟的画像，取出来一幅一幅给岳飞过目，要他记住仇人的模样，战场上切勿放过。

张所见了岳飞，也十分喜欢，次日即叫他往校场挑选人马，充当先行部队。岳飞得令，到校场挑选了八百名精壮兵士。张所遂命岳飞率八百人，作为第一队先行；然后再点名叫山东节度使刘豫带领本部兵马，作为第二队接应，刘豫硬着头皮答应了。

岳飞得到消息，金兵就在八盘山前面不远处

次日，岳飞跟随张所入朝辞驾，巡城指挥来报，说有强盗来抢仪凤门，口口声声要岳飞出阵，高宗忙命岳飞前去擒贼。岳飞领旨出城，带领他的八百名将士来到仪凤门。迎面那群人，手中拿的都是锄头、铁耙、木棍、面刀等，乱哄哄地闹成一片。阵前一个骑马的大汉，手舞狼牙棒，岳飞定睛一看，原来是自己的结拜兄弟吉青。原来吉青无心在太行山为贼，听说岳飞被高宗召到京城，特来投奔。岳飞叫军士把吉青绑了，一起去见高宗。吉青见了高宗，大声叫嚷自己是岳飞的义弟，是为国效力而来的。高宗见他虽然粗鲁，倒也朴实可爱，心想：国家正在用人之际，不如留他立功赎罪。于是传令封吉青做副都统，在岳飞营前效力。吉青将带来的兄弟遣散回家，自己跟随岳飞北上迎敌。

再说那金兀术在河间府听说康王在南京称帝，聚兵抗金，顿时大怒，立即派元帅金牙忽、银牙忽各领五

铁弯锄

锄头是一种常用农具，包括锄体和手柄，主要用来除草、松土等。冷兵器时代，农民起义军大多以锄、耙、镰刀等作为武器

岳飞一枪刺中金牙忽,银牙忽赶去助威,也被吉青一棒打碎了天灵盖

千精兵作为先锋,先行一步;又请哥哥粘罕、元帅铜先文郎,领兵十万,杀奔南京。高宗听说兀术率兵南侵,吓得立即迁都江宁府。

岳飞率领队伍来到八盘山,见山势曲折险要,易守难攻,便吩咐在这儿扎好营寨。这时探子来报,金兵的先锋部队已相距不远。岳飞连忙命吉青前去引诱金兵入山。吉青领命,带领五十个将士前去迎敌。岳飞自己则率领将士准备强弓硬弩,埋伏在两边。

金牙忽、银牙忽也在八盘山不远处扎了营,见宋营里仅几十人前来挑战,二人哈哈大笑。吉青大怒,冲进金营,见了金牙忽,抡起狼牙棒来便打,金牙忽举起大斧招架,银牙忽见状,也来助战。战不到三个回合,吉青便虚晃一棒,回马就跑。金牙忽、银牙忽不知是计,率军便追。吉青催马进了八盘山,金兵也尾随其后。看着金兵大半入了谷口,岳飞指挥两边埋伏的军士一齐发箭,将金兵截成两段,首尾不能相顾。金牙忽见中了埋伏,正要转身逃走,忽然听见一声大喝:"番贼哪里走,岳飞在此等候多时!"只见岳飞摆动沥泉枪,纵马冲过

江宁府

江宁府即今天的南京。隋唐时称金陵,南唐时改称江宁府,南宋建炎三年(1129年)再改建康。图为今南京中华门

来，截住他厮杀。银牙忽正要去帮忙，吉青转身拦住。这时两军呐喊，山谷回声就像雷鸣一样，似乎有千军万马。金牙忽心中一慌，手中的刀略微松了松，被岳飞一枪刺中心窝，翻身落马。银牙忽看见了，大吃一惊，略一分神，也被吉青一棒，打碎了天灵盖。八百将士一同上阵，金兵大败而逃。

板斧

板斧是一种短柄斧。有单、双之分，为古时步兵所用，以抡、劈为主

这一仗，宋军杀金兵三千多人，夺取了不少旗鼓、马匹、兵器等物。岳飞命吉青把这些东西都解送到二队刘豫营寨，转送大营去报功，自己率领人马继续追剿逃窜的金兵残部，一直追到青龙山下。刘豫见岳飞立了功，心生忌妒，心想：这岳飞真是厉害！首次出战就得了如此大功，一路上立功的机会还如此多，这功劳不如先算在我身上，反正上面也不一定会查。于是，他写好文书，派手下送往大营请赏。

元帅张所见到刘豫的报功文书，开始很欢喜，转念一想：先行岳飞没有战报，后队刘豫怎么会先有战功呢？倘若他真的冒功领赏，传出去岂不要令天下英雄失望？以后还有谁敢替国出力呢？中军胡先看出他的心思，走到张所身边，悄悄道："刘豫此次报功很有嫌疑，小官愿扮作兽医，前往打探消息。"张所听了大喜，立即派他前去。

黄昏时，胡先假扮成兽医。混过了刘豫的营寨，一路来到青龙山。胡先走到山顶看见一棵大树，爬上去一看，看见岳飞正在山下扎营布阵，不远处，漫山遍野净是金兵，胡先不由得倒吸了一口冷气。

胡先爬到一棵大树上，看见岳飞正在扎营布阵

第十五章
青龙山智破金兵

钩

钩是古代一种多刃的短兵器，钩的种类较多，有单钩、双钩、护手钩等。用钩时要以起、伏、吞、吐的身法来配合

在岳飞的指挥下，宋军正在涧口安排机关

却说岳飞率部追到青龙山下，见这儿比八盘山还险要：左边山陡路狭，只有一条夹山道直通山后大路；右边是一个山涧水口，水势汹涌，于是吩咐扎下营寨。岳飞一边察看地形，一边命吉青火速去大营中取来口袋四百个、火药一百担、挠钩二百杆、火箭火炮等物备用。岳飞准备在这儿布下天罗地网，到时诱金兵上钩。

岳飞收了口袋、火药、挠钩等应用物品，一边安排水陆机关，一边吩咐吉青道："你率领二百人马，埋伏在大山后，擒拿企图逃走的金兵。如果遇到一个面如黄土、骑黄骠马、用流星锤的，就是粘罕，一定不能放过。一旦放走了他，必定军法处置。"吉青领命而去。岳飞自己则带了二百名士兵，在山顶摇旗呐喊，专等金兵来抢山。

再说粘罕带了十万大军浩浩荡荡向南京进发，路上遇到前队战败的金兵来报告："有个岳南蛮和一个吉南蛮，杀了两个元帅。五千兵马丢了一大半，伤者不计其数。"粘罕听了大怒，催促兵马快速前进。来到青龙山下，有探军来报前面山上有宋兵在那儿扎营，粘罕见天

色已晚,不宜出战,于是下令安营扎寨,准备明天一早再去抢山。

　　岳飞在山上看见粘罕扎营休息,想趁他远途疲乏,引他们入山,杀个措手不及。这时,接应的二队刘豫还没有到达,张所的大部队也还离得远。岳飞想了想,便叫士兵守住山头,一个人单枪匹马,闯下山来,直奔金营。那些金兵跑了一天的路,早已疲惫,哪经得起猛虎下山一样的岳飞横挑竖刺,一个个吓得魂飞胆破,那些腿快的直奔粘罕的牛皮帐去报告了。粘罕自领兵打仗以来,还没有遇过敌手,见岳飞居然敢单骑闯营,顿时火上心头,提起流星锤,率领众元帅、平章、将校一拥而上,将岳飞团团围住。岳飞根本不把他们放在眼里,越杀越勇,枪挑剑砍,杀得金兵尸横遍地,血流成河,这一下把粘罕激得怒火中烧。岳飞见粘罕脸色由红变紫,由紫变青,知道已经激怒他了,心里一喜,两腿把马一夹,返身杀出重围。粘罕怒吼道:"一个南蛮都拿不住,怎么踏平中原?今天一定要把这山踏平了,方泄我恨!"于是命令平章、元帅等拔营,带领十万人马立刻

岳飞一马冲进金营,逢人便挑,见马便刺,如入无人之境

岳飞巡营

　　岳飞深谙《孙子兵法》,善于谋军布阵,常能出奇制胜。他率领岳家军多次以寡敌众,以弱胜强,将金兵杀得大败。图为岳飞巡营

大火烧得金兵乱了阵脚，人撞马，马撞人，连死带伤一大片

抢占青龙山。这胡先在树上见岳飞从金营败回，十万金兵吹着胡笳，敲着驼鼓，像潮水一样漫山遍野地涌上来，心想：这下完了，不单他没了命，连我也难保了。

金兵大半已进入了铺着枯草的山前，忽然一声炮响，两边埋伏的将士将火箭火炮射出来，落在枯草上，引爆了火药。刹那间，烈焰腾空，烟雾迷漫，烧得那些金兵睁不开眼，人撞马，马撞人，连死带伤一大片。众人保住粘罕从小路逃走，见前有条山涧，只有三尺来深，连忙下令往河边撤兵。那些从大火里逃出来的金兵此时都已是缺眉少须、口干舌燥了，大家争先恐后往涧边抢奔，顷刻间就站满了山涧。山涧上的宋兵见了，立刻搬开沙袋。山涧里的金兵忽听见一声巨响，犹如半空塌下来一条天河，那水直往下灌，冲得人随水滚，马逐波流。少数躲得快的金兵，迅速向谷口逃生。

铜先文郎勉强收集了一些残兵，保着粘罕寻找退路，到谷口只见一座山峰挡住去路。前无去路，后有追兵，粘罕急得大叫："我等性命不保了！"这时有一个平章见前面左边有一条小道，立即报告粘罕。粘罕也不管路通不通，率领将士慌不择路，赶紧就往夹山道冲去。埋伏在夹山道的宋军见他们来了，搬起石头就往下砸，把那些残兵败将打得手折脚断、头开脑裂。不一会儿，夹山道里便尸横满地。

金兵死的死，伤的伤，乱成一片。铜先文郎保着粘罕，拼命逃出夹山道，前面却是一条宽敞的大路。这时已是五更时分，天色昏黑，粘罕见四下空旷无人，不觉

火箭

火箭是把火药团绑在箭杆上，点燃引线后发射出去，引燃火种的一种武器。利用弓箭发射的叫弓火箭，利用弩机发射的叫弩火箭

仰天大笑。铜先文郎忙问缘故。粘罕说:"那岳南蛮到底不会用兵,如果在此处埋伏一支人马,我们便插翅难飞了。"话没说完,只听见一声炮响,大路对面突然出现许多灯球火把。火光中,一员大将手舞狼牙棒,高声叫道:"吉青在此,快快下马受死!"粘罕想不到岳飞布置如此严密,大惊失色,对铜先文郎道:"岳南蛮果然厉害,今天我必死无疑。"说完,流下泪来。铜先文郎想了想,道:"臣愿与狼主换了衣甲战马,吉南蛮必定认定臣是狼主,狼主可以乘机脱逃。"粘罕道:"难为你了!"便急忙和铜先文郎互换了衣甲、战马及兵器。而吉青只牢牢记住了粘罕的衣着兵器,并不认得粘罕,他在火光中看见铜先文郎那身打扮,以为是粘罕,对准铜先文郎举棒就打。铜先文郎提锤招架,战不到几个回合,就被吉青活擒了。旁边的粘罕见吉青把铜先文郎认作自己,就带领残兵,趁乱拼命杀出重围,夺路逃走。吉青追赶了一程,杀了些金兵便返回来,拿了铜先文郎回去报功。

女真盔甲图
盔甲是古代战士的护身器具。盔是护头的,甲是防身的。甲也叫铠,由掩膊、胸铠、护腋、腿裙等组成

粘罕趁乱杀出重围,夺路逃走

第十六章
释番将刘豫降金

吉青押解着铜先文郎前来交令,岳飞一看,拍案大喝:"把吉青绑出去砍了!"吉青大声叫冤,岳飞道:"你中了他的金蝉脱壳之计了。"又问铜先文郎:"你是何人,敢假冒粘罕?"铜先文郎听了一惊,心想:这岳飞果然厉害,于是说了实话:"我是金国大元帅铜先文郎,请元帅从宽发落。"吉青听了这才明白自己捉了假粘罕,连忙向岳飞认罪。岳飞念他是初犯,松了他的绑,叫他押解铜先文郎去大营报功。

吉青押解囚车经过刘豫营前时,请刘豫查点放行。刘豫心想:金兵一向厉害,大宋无人能敌,这岳飞只用了八百兵丁,竟胜了金兵十万人马,不如这次功劳再让

押送战俘图

战俘是战争的必然产物。在中国战争史上,一旦某人做了战俘,不仅是家庭的耻辱,还会祸及全族。大部分战俘或降或死,即使侥幸逃回,也难抬头做人

吉青押解假粘罕和战利品经过刘豫营前

给我。主意已定,他便假意对吉青说:"吉将军,你们这次功劳不小。但你去大营报功,往返费时,恐金兵再来,无人抵挡。报功的事,我差人去便可以了。你带些猪羊牛酒,先回去犒赏三军吧。"吉青不知是计,谢了刘豫,带着犒赏品回去了。

刘豫、铜先文郎及其同党抄小路逃往金营

吉青走后,刘豫吩咐旗牌官将已写好的冒功文书送往大营,并一再嘱咐他要随机应答。冒功文书刚到不久,张所便从胡先口中得知真实情况。张所见刘豫再次冒功,拍案大怒,立即召集所有部将议事:"朝廷正在用人之际,刘豫不图杀敌,两次冒功领赏,本帅想拿他斩首示众,哪位愿去?"这时中军胡先从元帅背后走出,主张先稳住刘豫,可派人去传他来大营,只说要他来议事,不要打草惊蛇。

两淮节度使曹荣是刘豫的儿女亲家,也是个自私自利的人,听说张所要捉拿刘豫,悄悄派了心腹去给刘豫报信。刘豫得到消息,大惊失色,他想了一会儿,遂走到后营将铜先文郎放出,请到大营坐下。刘豫说宋朝气数已尽,自己早有降金打算。铜先文郎见他愿放了自己,自然立即承诺在金主面前保举他。刘豫一见勾结成功,马上召集部下,威胁利诱众兵将与他一起降金。刘豫的一番话并未打动部下,大家立即吵嚷起来,哄的一声,众将走得一干二净。有的急奔张所大营去报告,有的回家乡去了。刘豫一看,只剩下几名亲随家将,立即带着这些人跟随铜先文郎上马,躲过岳飞前营,抄小路向金营逃去。

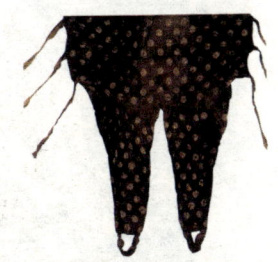

金代菱纹团花套裤

女真人出征、行猎时,常在裤外再套一裤,俗称"套裤"。套裤无裤腰,裤子上端有带子,穿时绑在腿上或系在腰上。套裤可防寒或防外物划破、划伤

第十七章
邦昌假诏害忠良

传国玉玺

传国玉玺又称传国玺，是秦以后历代帝王相传沿用的玉印。传说此玺为秦始皇所作，正面刻着"受命于天，既寿永昌"八字。历代当权者认为只有得到传国玉玺才能名正言顺继承王位

张所得知刘豫投敌卖国，勃然大怒，安排各节度使坚守黄河，自己带着兵马直奔汴梁。自从宋军南退、金兵北撤以后，汴梁便只有曹太后和少数臣子留守。张邦昌听说张所率领大军来取汴梁，非常恐慌。他来到分宫楼面见太后，骗取了传国玉玺，连夜逃出汴梁，到建康去投奔高宗了。

张所领兵到了汴梁，守城兵士打开城门，汴梁的百姓都夹道欢迎。张所进宫去见太后，听说张邦昌骗取传国玉玺后不知所踪，立即辞别了太后，派将士把守城门，差人四处打听张邦昌的下落。

张邦昌到了建康，高宗见张邦昌送来了传国玉玺，

汴梁军民夹道欢迎宋兵入城

心中高兴，封他为右丞相。张邦昌想取得高宗信任，再掌大权。他极尽谄媚之能力想讨好高宗，可高宗对他十分冷淡。一天，张邦昌坐在家中，正绞尽脑汁想着如何骗得高宗信任，恰好

张邦昌将岳飞引进分宫楼

侍女荷香送茶进来，他见荷香颇有姿色，猛然想出一条计策来。他认荷香为干女儿，打算将她送进宫去，以迷惑高宗。他想：如果荷香得了宠爱，高宗还不对他言听计从。主意已定，第二天，张邦昌把荷香妆饰了一番，将她送到行宫。赵构一见荷香，果然喜欢。张邦昌奏请提升岳飞为元帅，赵构一时高兴，立即应允。

李纲得知张邦昌要召岳飞回朝，怕他陷害岳飞，就派手下张保投奔岳飞，借机保护。张邦昌领旨后，并不办理。过了几天，张邦昌上朝奏道："因金兵犯界，岳飞不肯应诏。"赵构整日和荷香私混，无暇政事，听说岳飞不来，也不在意。后来，张邦昌又私拟了一道诏书召岳飞来建康见驾。此时岳飞正据守在黄河岸边，他一接到诏书，立刻把营中各事交给吉青，带着张保赶往建康。

岳飞带着张保刚出营，路上碰上了前来投奔岳飞的王横，三人一起奔往建康。当日黄昏，三人便赶到了京城，在城门口遇见了张邦昌。张邦昌拉住岳飞，假装亲热，要带岳飞一起去朝见高宗。岳飞叫张保、王横在宫门外等候，跟着张邦昌进了宫门。到了分宫楼前，张邦昌说："将军在此等候，我去上奏天子。"岳飞不知是

圣旨

圣旨是指中国封建社会时皇帝颁发的命令或发表的言论。一般分为两种，以"诏曰"开头的是由皇帝口述旁人代写的；以"制曰"开头的则是由皇帝亲手所写的

岳飞在分宫楼前,见远处来了一排宫灯

太师:官名,指太子太师,为辅导太子的官。西晋设太子太师、太傅、太保,太子少师、少傅、少保。以后历代不改。

刺客

刺客是种神秘的职业,配合特殊的暗器技能可以远距离攻击敌人。古往今来,在重要的政治仪式中,刺客谋刺事件屡见不鲜。图为荆轲刺秦王画像石

计,一个人留在了分宫楼前。

张邦昌出了分宫楼,派小内监通知同党内监和荷香。荷香此时正陪着皇帝饮酒作乐,听说岳飞已在分宫楼前,就撒娇要去宫外赏月。赵构已有几分醉意,连忙吩咐摆驾,先去分宫楼。岳飞在分宫楼前等了许久,仍不见张邦昌的人影,只见远处来了一排宫灯。岳飞定睛一看,果然是高宗来了,连忙上前,匍匐倒地,说:"岳飞接驾。"内监却突然喊道:"有刺客!"两旁内监立即把岳飞捉住。赵构大惊失色,拉了荷香急急跑回宫去。高宗回到后宫,见后面无人追来,才稍觉安心,忙问内监刺客是什么人。内监说是岳飞行刺。荷香乘机说:"前次宣他进京,他违旨不来;今日无故进京,径入深宫,肯定是图谋行刺。圣上该将他斩了,以正国法!"赵构当时酒醉,果然传旨将岳飞斩首。宫官领旨,将岳飞绑出午门。

张保、王横见了,忙问岳飞:"岳爷,这是怎么回事?"岳飞说:"我也不知道。"张保见事情紧急,叫王横守住岳飞,不许宫官动手,自己提了铁棍闯出栅门。兵马司在午门外巡夜,猛见午门里闯出一个人来,连忙叫手下拿住。众人急忙来追,哪里追得上?张保跑到李纲的太师府中,来不及叫门,一棍子就打了进去。张保在太师府出入惯了,认得路径,知道李纲在书房安歇,一脚把书房门踢开,一直走进里边,揭开帐子,扯起太师,背了就走。

李纲被张保背起飞跑，颠得头晕眼花。来到午门，张保放下李纲。李纲见岳飞被绑着跪在地下，猛然清醒，忙问："你几时来的？"岳飞将自己奉诏前来，被张邦昌带至分宫楼下，天子驾到，自己被当成刺客的事细细说了，求李纲替他做主，洗刷冤情。李纲听说，便叫宫官刀下留人，立即带着张保赶往东华门，想去鸣钟撞鼓，替岳飞鸣冤。张邦昌得到李纲要到高宗那儿替岳飞喊冤，怕自己的奸计暴露，暗暗在东华门放了一块钉板，想置李纲于死地。李纲、张保到了东华门，李纲不提防，果然一脚踏在钉板上，痛得大叫一声，倒在地上。张保见了忙去鸣钟击鼓，大叫："太师爷滚钉板了！"许多大臣听见了，连忙前来相救。

值夜的内监见状，忙进宫来通报高宗："众大臣齐集午门。李太师滚钉板了，危在旦夕。请圣上立即升殿。"荷香劝道："半夜三更，圣上明早上殿也不迟啊。"高宗此时酒醒了大半，听说李纲踏了钉板，知道不坐朝不行，就甩开荷香，走出宫来。高宗见李纲满身血迹，立即宣太医调治。李纲伏在殿阶奏道："岳飞是武官，臣听说私自入京，谋刺皇上，此事必定有主使，应先入狱。待臣病好了，审讯岳飞，查明此事，再问罪不迟。"赵构准了李纲的奏禀，传旨将岳飞关入大牢。众大臣护送李纲回府，张保、王横也牵马随在轿后，一起回到太师府。

午门

午门即宫城的正南门。在古代，午门是皇帝颁发诏书的地方。每年腊月初一，要在午门举行颁布次年历书的"颁朔"典礼。另外，午门也是斩首犯人的重地

李纲一脚踏在钉板上，张保见状，忙去鸣钟击鼓

毕昇及其泥活字版

北宋庆历年间，平民毕昇发明了活字印刷技术。他用胶泥刻字，再用火焙干，成为活字，字模可以多次使用。这一发明，大大提高了古代印刷水平

老百姓围着看冤单，人人唾骂奸臣张邦昌

第十八章
太行兄弟闹京城

李纲回府后，心生一计，于是写了一张冤单，说明张邦昌陷害岳飞的经过，叫人刻成印板，印上几千张，叫张保和王横两人分头去贴。一时大街小巷贴满了张邦昌陷害岳飞的冤单，全城的老百姓都围着看，人人唾骂奸臣张邦昌。

这消息一传十，十传百，一直传到太行山。太行山的领头大哥是牛皋，其次是施全、周青、王贵、张显、汤怀等七人，他们都是岳飞的结拜兄弟。那一天正好是牛皋的生日，大家备了礼来祝寿，在寿堂内闲聊。到了晌午时分，汤怀独自走出寿堂去闲逛。山寨里请来了个戏班，准备为牛皋祝寿。汤怀一走走到戏房门口，听见里面有人说："张邦昌陷害岳飞。"他大吃一惊，急忙走进去问道："谁陷害岳飞？"戏子忙把那张冤单拿给汤怀看。汤怀接过冤单，看了看，转身跑进寿堂，喊道："牛兄弟，岳大哥被人陷害了。"牛皋问道："你怎么知道？"汤怀便将冤单一一念给大家听。牛皋听了，暴跳如雷，生日也不过了，立即聚集兵马八万人，杀奔京城。

太行山八万人马

牛皋率领太行山八万兵马大闹凤台门，要求释放岳飞

一路上无人拦阻，直达建康，在离凤台门前五里的地方安营扎寨。凤台门的守城官见了，慌忙奏报高宗。高宗听了，大惊失色，忙问："谁愿意去退贼兵？"后军都督张俊主动请缨，带了三千人马出来退敌，在凤台门摆开阵势。牛皋等见城内出来一支人马，一齐走上前。汤怀对张俊说："我们不是反贼，你进去把我们岳大哥送出来，便饶你性命；如若不然，我们就攻破建康，杀个鸡犬不留。"张俊并不把这些人放在眼里，回道："怪不得岳飞要造反，原来有你们这班强盗帮助，想必是要里应外合。我今天奉圣旨，特来捉拿你们这班狗贼。"众人见他血口喷人，气得怒火冲天。牛皋大叫一声，舞动双锏，拍马上前，直取张俊。张俊抡刀相架。牛皋一心要救岳飞，越战越勇。那张俊不是牛皋的对手，战不上到几个回合，掉转马头就往城里逃。牛皋还要往前追，被汤怀叫住："让他去罢，倘若我们追得太急了，怕他回去在里面会害了岳大哥的性命。"牛皋闻言，掉转马头，命令众人回营房安歇。

张俊回到午门下马，上殿向皇帝奏道："强盗都是

太行山

太行山北起北京西山，南达豫北黄河北崖，西接山西高原，东临华北平原，绵延400余千米。太行山形势险峻，历来被视为兵家要地。从春秋战国直到明、清，两千多年间，这里一直烽火不息

派去平乱的张俊被牛皋打败了，狼狈地逃了回来

九族：旧时指本身上及父、祖、曾祖、高祖，下及子、孙、曾孙、玄孙的亲属。也有包括异姓亲属的说法，即父族四代、母族三代、妻族两代。

内监俑
内监，史书又称宦官、寺人、阉人、阉宦、宦者、中官、内官、内臣、内侍等，指内廷中侍奉皇帝、后妃及其他皇族的人员

岳飞的朋友，臣请先斩了岳飞，以绝后患。"高宗拿不定主意，李纲奏道："臣等保举岳飞退敌，先保住宫廷的安全。"张邦昌怕自己的奸计被揭露，忙奏道："都督张俊说这伙强盗是岳飞的朋友，派岳飞去退贼，岂不中了他们的奸计？"李纲、宗泽一同奏道："臣等情愿保举岳飞，如有差池，可将臣满门斩首。"赵构准奏，下旨宣岳飞上殿。岳飞领旨出去退敌，刚要下殿，李纲喝道："岳飞，圣上看你是个人才，命你守着黄河。你竟敢擅自进宫，行刺皇上！这是要诛<u>九族</u>的事，你还有什么话要讲？"岳飞说："罪将是奉旨进宫，圣旨现在还供在营中。罪将到京时，在城外见到了张丞相，是张丞相领罪将进来的。丞相叫罪将在分宫楼下候旨，他自己进去，许久不见出来。适值圣驾降临，罪将自然跪迎，并非谋刺，求圣上做主。"众大臣听说，都要求查明真相。高宗传当日的值殿官吴明、方茂对质。吴明答道："那晚有一个内监执灯笼，灯笼上写着'右丞相张'，并见丞相引着一个人进了宫。非臣不奏，因丞相时常进宫，向无禁忌，所以才未禀报皇上。"赵构闻奏，这才明白都是张邦昌蓄意要陷害岳飞，大怒之下，限张邦昌四个时辰内离开京城，免死为民。

高宗命岳飞领了一千人马，出城退贼。岳飞披挂上阵，带着张保、王横，领着一千兵马，出城过了吊桥。牛皋、汤怀等见岳飞平安无事，个个欢喜，纷纷下马问候道："大哥一向好么？"岳飞哪里知道，若无牛皋、汤怀等结义兄弟大兵压境，他怎能被放出来。他冷冷地说道:"谁是你们兄弟,我奉旨特来拿你们问罪。"牛皋等知道岳飞王法在身,不等军士们动手,便互相动手绑好,又让手下兵马都放下武器,扎营在城外,候旨定夺。

早有探军报知皇帝:"岳飞一出城,那班人不战而自绑。"不久,岳飞押解牛皋到了午门,高宗传旨将牛皋等推上殿来,亲自审问。牛皋等八人跪在殿下,汤怀奏道:"臣等并非反贼。只因岳飞枪挑小梁王,在武场未得功名,回家又适饥荒,难以度日,暂时为盗。况中原无主,无处投奔。前天听说张邦昌陷害忠良,因此兴兵来救。现在岳飞的冤屈既然已经洗清,臣等情愿斩首,以全大义。"高宗闻奏,感动得流下泪来,传旨放绑,封岳飞为副元帅,牛皋等为副统制,义军尽数收用,随岳飞回黄河去敌金兵。众人谢恩而退。第二天,岳飞等九人率领本部人马,连同朝中选拔来的十万士兵和大量粮草,浩浩荡荡,开往黄河北岸。

古代元帅印

元帅作为军职最早出现于春秋时期的晋国,在当时元帅就已经是军队里的最高统帅,此后各个朝代多沿袭这一称谓

岳飞将牛皋等兄弟押到了殿上,等候高宗处置

第十九章
爱华山大败兀术

军旗

军旗是军队的旗帜,在军中用以表明身份。据《通典》载,军旗共五色,大将持黄旗。根据旗帜的方向、动作,节制全军兵马;根据旗帜的颜色分别敌我

兀术率领金兵,不慌不忙地渡过了黄河

金兵自从青龙山战败后,退回河间府恢复元气。几个月后,金兀术亲自带领三十万大军,再次来到黄河边。这天,探子回报,说对岸渡口摆着许多大炮,难以渡河。叛臣刘豫自投靠金国后,被封为鲁王,威风了不少时日。这日,听说兀术到了黄河岸边,他一心想博得兀术的赏识,便向兀术献计,说他有办法让金兵巧渡黄河。金兀术正在为渡河的事心中烦闷,见刘豫有法子,便将自己船上的军旗赏赐给他。刘豫高兴地领旗回营,挂起来风光一番,当夜换了便装,坐了快船,偷偷来到黄河南岸,远远地便看见是曹荣的旗号。刘豫见了曹

荣，劝说其降金，同享荣华富贵。曹荣本是个贪慕虚荣的人，见有利可图，便表示愿意献出黄河，作为给兀术的见面礼。

刘豫辞别曹荣，回到兀术处，讲了曹荣愿意明晚献黄河的事。兀术听了大喜，便和军师哈迷蚩连夜传令，准备明日渡河。次日午后，由刘豫引着，兀术率领三十万金兵，不慌不忙地渡过了黄河。金兵来到黄河南岸，曹荣在岸上迎接，兀术封他为赵王，叫他仍旧在黄河岸边料理船只。曹荣的手下听说曹荣降了金，吓得各自逃生。

吉青正在寻找兀术，恰巧在路上碰着了

岳飞进京前，一再嘱咐吉青："小心把守黄河，不要喝酒。"一连几天，吉青滴酒未沾。这一天晚上，吉青手下军兵捉住了一个金国探子，送到张所大营，得了些赏赐。吉青高兴，两杯不罢，三杯不休，喝得大醉。忽然军士来报，金兀术已经渡过黄河。吉青大怒，醉醺醺，提着狼牙棒出了门，路上正好碰见兀术。两下交锋，吉青哪是兀术的对手，只听见"唰"的一声，吉青被兀术砍下头盔，险些丧了命，吓得回马就走。兀术紧紧追赶，一连转了几个弯，不见了吉青。兀术见天色昏黑，自己单身一人，怕中了埋伏，只得拨马回本阵。

这时，岳飞已率领十万大军从建康赶来抵抗金兵。到了爱华山，他见山势险要，便准备在那儿埋伏人马，引诱金兵入山，把金兵杀个片甲不留。安排停当，岳飞回到营中休息。恰好吉青败阵逃到爱华山。岳飞知道黄

狼牙棒

狼牙棒是一种打击兵器，木制或铁制的锤头上，有很多像狼牙一样的铁钉，头安着长柄

兀术被宋军围困在爱华山

宋金之战

北宋徽、钦二帝时，完颜兀术率兵南下夺取中原。兀术俘掳了二帝，灭了北宋；不久，高宗即位，依靠岳飞、韩世忠等抗击金兵，金兵南下连连受挫。后金国势力衰弱，双方议和

河失守，必定是吉青酒醉误事，便命他将功折罪，将兀术引到爱华山。

吉青单枪匹马出了营，在大路上正好遇上了金兀术和他的前军。吉青上前大骂兀术，兀术大怒，抡斧就砍。吉青举枪相迎。两人战不到几个回合，吉青败走，边走边骂，兀术一路穷追不舍，不知不觉到了爱华山，吉青转眼不见了人影。

兀术进了谷口，定睛一看，只见那山中间开阔，四面小山环抱，没有出路。兀术大吃一惊，正要掉转马头，忽然听见一声炮响，四面呐喊声起，十万宋军团团围住金兵，大叫："休要放走了兀术！"吓得兀术魂不附体。不一会儿，兀术见山上帅旗飘荡，一将当先。岳飞身坐白龙马，手执沥泉枪，膀阔腰圆，威风凛凛。马左是张保，马右是王横，众人都杀气腾腾。兀术见这阵势，先有三分着急，认得中间那位便是岳飞，故意问道："你是什么人？快快报上姓名来。"岳飞说："我就是大宋兵马副元帅岳飞。我认得你是兀术。你屡次举兵来犯，扰害人民，劫去徽、钦二帝；现在我主康王即位，招集天下兵马，同心协力，正要捣平金国。不料天网恢恢，你自来送死。"兀术心里害怕，又不能退走，只好硬着头皮迎战岳飞。岳飞挺枪迎战。大敌当前，谁也不敢略微疏忽。两人枪来斧挡，斧去枪迎，正好是棋逢对手，各逞英雄。

哈迷蚩飞马回报大营，恰好遇着大狼主粘罕、二狼主喇罕、三狼主答罕、五狼主泽利，率领大军一齐赶到爱华山助

战。岳飞原本叫牛皋、王贵埋伏在北山,把一辆一辆的抛石车,摆在山上,拦住去路,以防兀术逃走。牛皋远远看见金兵杀来,和王贵商量,推开抛石车,冲出山去,杀个痛快。

再说岳飞和兀术战了七八十个回合,兀术渐渐有些招架不住,被岳飞一枪把肩膀刺伤。兀术大叫一声,掉转马头朝谷口逃去。谁知牛皋、王贵下山交战去了,没有阻挡,兀术径直逃走了。岳飞追到谷口,不见了牛皋、王贵,查问情由,急忙传令,叫各路伏兵一齐下山接战。十万大军奋勇杀入番阵,杀得金兵人仰马翻,死伤无数。金兵输得一败涂地,朝西北逃走。金兵前奔,宋军后赶,一直赶了二三十里,来到一处山谷。这山谷两边是两座高山,紧紧相对:左边麒麟山,右边狮子山。麒麟山的大王张国祥,是梁山好汉张青之子;狮子山的大王董芳,是梁山好汉董平之子,两人各聚集了两三千人,在这儿占山为王。听说金兵恰好经过两山交界处,

宋代抛石车

抛石车是一种利用杠杆原理抛射石弹的大型人力远射兵器,不仅可以攻守城池,还可用于野战

由于牛皋、王贵下山去战金兵,兀术轻易地逃出了爱华山

古代战船

战船是为作战而制造或改装的武装船舶。为适应作战需要，大多数战船都结构完备，具有较好的适航性能、操纵性能和较快的速度。图为古代战船模型

张国祥、董芳立刻在两面山口设下埋伏。金兵刚到山口，张国祥、董芳便领军杀出。金兵见前有强敌，后有追兵，吓得七魂少了六魄，拼命夺路而逃。

牛皋、王贵等追到山口，张国祥和董芳误以为是金将，截住不放；牛皋、王贵等也不由分说上前就战。几个人打得难解难分，反倒把金兵放走了。岳飞赶来，张国祥和董芳才知道打错了，一齐下马，投向岳飞营中。兀术逃到黄河岸边，恰好刘豫、曹荣正守着河口，连忙派船来救。不料刮起一阵狂风，战船一时靠不了岸。眼看宋军就要追来，兀术见芦苇里划出一只小船，只能容一人过河，不容多想，急忙牵马上船。原来那船主是梁山好汉阮小二之子阮良，专等在这儿捉拿兀术。船到了河心，阮良钻进了水里，托着船底，往南岸送去，兀术向北岸大声求救。哈迷蚩见状，命金兵驾着小船来救。阮良一见有船来救，赶快把小船扳翻。兀术落水，被阮良连人带斧抱住向南岸游来。阮良泅水将到南岸，兀术乘阮良不备，从其双臂中挣脱。阮良急忙去追，不料金兵的小船赶到，抢走了兀术，接着射下乱箭，阮良无法近前，只得返回南岸。阮良上岸参见了岳飞，通报了姓名。岳飞见金兵已渡河，叫人马就在河岸扎营，杀猪宰羊，大赏三军，并迎接张国祥、董芳、阮良三位英雄入伍。岳飞命令积聚粮草，准备北渡黄河，杀到黄龙府去，迎回二圣。不料，这天朝廷传旨，加升岳飞为五省大元帅，到太湖征讨杨虎，择日启程。

岳飞迎接张国祥、董芳、阮良三位英雄入伍

第二十章
南征北战平内乱

北宋末年,太湖沿岸的居民因为官府捐税繁重,穷困得无法生存了,便推举渔民杨虎为首领,花普芳为元帅,在太湖东山占山建寨,抵抗官府的军队。岳飞在爱华山接到讨伐杨虎的圣旨后,命牛皋、王贵、汤怀、张显四将领兵作为先行。牛皋、王贵等领令,率领将士到了平江府,四员大将兵分四路在太湖边安下营寨,沿湖巡哨,以防杨虎的手下来劫营。

宋军在太湖边扎下营寨

那天正是中秋节,牛皋命人摆了些月饼美酒,坐在船头赏月。他见月色明朗有趣,便叫水手把船摇进湖心去巡哨。到了湖心,牛皋在船头见皓月当空,天水一色,一时酒兴发作,觉得船行过慢,叫水手加快速度,一直向前闯去。忽然前面来了杨虎派来巡湖的一条三道篷的大战船,牛皋不自量力,下令向战船冲去。那战船顺风顺水,迎着牛皋的小船就撞了过来,正碰上牛皋的船头。牛皋喝了些酒,站不稳,"扑通"一声掉到水里去了。那战船上的首领是花普方,早在船上看得清清楚楚,让人下水捞起牛皋,用绳索捆了,押往山寨去了。张显、王贵、汤怀得知消息,急得没了主意,只好等岳飞来了再做商议。

几天后,岳飞带兵赶到太湖,听说牛皋被杨虎抓走了,心中懊恼,急忙派汤怀到太湖中的东山上下书,劝

中秋节

月饼又称团圆饼。北宋开始,正式定农历八月十五为中秋节,并开始盛行中秋赏月吃月饼的习俗。苏东坡的"小饼如嚼月,中有酥和饴",便是对月饼的形象描绘

说杨虎释放牛皋,归降朝廷。汤怀见了杨虎,说明来意,杨虎看过战书,即批上"准于五日后交兵"。

太湖里有渔民耿明初、耿明达两兄弟,都有一身武艺。兄弟俩原来在太湖打鱼为生,和那杨虎有些交情。二人早就有投军抗金的意图,听说岳飞部将汤怀进山了,就在太湖上等候。两人迎着汤怀,说明了心意。汤怀十分高兴,带着二人回营去见岳飞。

岳飞摆筵席欢迎耿氏兄弟,并与之结为兄弟。耿氏兄弟告诉岳飞,那杨虎水性极好,陆上的战斗力却有限。他有四队兵船十分厉害。第一队"炮火船",船上四面架着炮火,交战时一齐放火,很难招架;第二队"弩楼船",船头和船尾都有水车,四围有竹篱护着,船速极快,船四围竖着弩楼,弩楼是生牛皮做的,可以挡箭防身,军士在弩楼后放箭执刀,官兵都不能抵挡;第三队"水鬼船",船上水手水性极好,能在水下潜伏七天七夜,交战时可将敌方船底凿破;第四队是杨虎的帅

楼船

楼船即船上有多层建筑的船舶,最早出现于战国时的越国。据宋代《武经总要》记载,宋代楼船一般有三层,每层都有射击的窗口,各备有弓箭矢石,可防御和攻击敌人

太湖渔民耿明初、耿明达在湖上等待汤怀

船，不足为虑。了解了敌方虚实后，岳飞心生一计，派耿氏兄弟去诈降，让他等杨虎出来交战时，乘机放出牛皋，烧了杨虎山寨。

到了第五天，双方在太湖边摆开阵势。杨虎亲率"炮火船""弩楼船""水鬼船"迎战，自己坐着大战船督战，果然留下耿氏兄弟守寨。杨虎上船，放炮开船，炮火冲到竹排上，众官兵躲进小船，将竹排放倒，那些炮火都落在竹排上，滑到水里去了。杨虎见炮声不响，

派了"弩楼船"，万弩齐发。王贵将事先准备好的草船一齐放出，那"弩楼船"还没靠近宋军，船上的水车早被水草塞住，根本动不了。王贵率领众军乘着小艇冲过去，跳上"弩楼船"，逢人就砍，勇不可挡。"水鬼船"的水手见状，一齐下水。那些水手碰到宋军大船，发现船底装有刀，有的被割伤，有的被杀死，湖水都被血染红了。岳飞在船头叫道："杨将军，你的巢穴已被我占了，不如早早归降！"杨虎扭头一看，见山寨里火光冲天，一怒之下，催动喽啰们，上前迎战。喽啰们刚上前，都被岳飞的军队杀得四散奔逃。岳飞活擒了杨虎，凯旋回营，又请了杨虎的母亲来劝降，杨虎这才归顺。

岳飞见太湖已平，就带领众将到建康去见高宗。高宗传旨：杨虎、张国祥、董芳、阮良、耿明初、耿明达六人都封为统制；接着又命岳飞到鄱阳湖去征讨余化龙。余化龙武艺高强，只因痛恨官府欺压良民，才占领鄱阳湖招兵买马，抵抗官军，但他敬重岳飞，等岳飞大军一到，便归降了。

岳飞被派往鄱阳湖去征讨余化龙

鄱阳湖

鄱阳湖古称彭泽，位于长江中游，居中国五大淡水湖泊之首。鄱阳湖是历代兵家战略要地，三国时"火烧赤壁"，清代太平军大战曾国藩都发生在这一带

第二十一章
牛皋醉酒破番兵

强弩

弩弓是一种利用机械力量射箭的古代兵器。弩有两种,一种是较强的弩,由士兵自己踏弓;另一种是较小的弩,由士兵用臂力开弓。图为强弩,需由士兵踏弓。

那日,岳飞与余化龙等人正在营中议事,探马来报,兀术又派元帅斩着摩利之带着十万兵马,攻打藕塘关;金国驸马张从龙带兵五万,攻打氾水关。岳飞听说金兵来抢藕塘关和氾水关,忙派牛皋带领五千人马,作为前队先锋,连夜去救氾水关;余化龙、杨虎领兵五千,作为第二队救应。三人领命,早早出发,朝氾水关进发。岳飞也点齐了兵马,率领三军前往氾水关。

牛皋到了氾水关,探军来报,说关口已被金兵抢去了。牛皋心中焦急,吩咐士兵们立即去抢关。大军到了关下,牛皋自己冲在最前面。众人齐声呐喊,声震三里,非常威武。金兵立即上关报告,张从龙率领金兵出关迎战,摆开阵势。两人通报了姓名,举起兵器,就打了起来。张从龙的那两柄紫金锤太重,战了不到十二三个回合,牛皋渐渐招架不住了,立即掉转马头,败下阵来,命令将士放箭。众军乱箭齐发,呐喊声声,军威大振。张从龙见乱箭射来,闯

岳飞与众兄弟在营帐内议事,探马来报,金兵又来进犯了

不过去，只得收兵。牛皋吃了败仗，觉得晦气，命令就在路旁安营扎寨。心想：都是杨虎这家伙，以前我每次出兵，都打胜仗，自从被他的贼兵在水中淹了那一回之后，我每次出门就打败仗。他越想越气，在营帐里生起闷气来。

杨虎和余化龙来到牛皋营前，听见牛皋正在抱怨杨虎

第二天，杨虎和余化龙也来到了关前，见牛皋把营寨扎在路旁，知道他又吃了败阵。两人来到营前，正好听见牛皋在骂杨虎。两人立定了脚，不好进去，悄悄地出了营。两人商量，一齐去抢关，将功劳送给他，让他平了这怨气。

杨虎、余化龙一起来到关前叫阵，张从龙率领金兵开关迎敌。余化龙出马，挺枪便刺。张从龙举锤就打。枪来锤去，战了二十个回合，不分胜负。余化龙见他厉害，心想战不过，虚晃一枪，诈败而逃。张从龙拍马追来。余化龙冷不防发了一支暗镖，正中张从龙的前心，张从龙翻身落马。金兵见主将已死，四散逃走。宋军乘胜追击，夺回了氾水关，当晚就在关内安营扎寨。

第二天一早，余化龙、杨虎到关下来见牛皋，牛皋还在营帐内发脾气。余化龙说："昨日听见将军在抱恨杨虎，我两人特意抢了氾水关来送给将军：一则愿将军有好运；二则小将无以为敬，聊作进献之礼。"牛皋听了，心中不安，不肯接受。这时，岳飞率大军到了关前。牛皋忙把岳飞迎进帐内，将自己兵败，余化龙、杨虎二人抢关的事照实跟岳飞说了。岳飞也没有

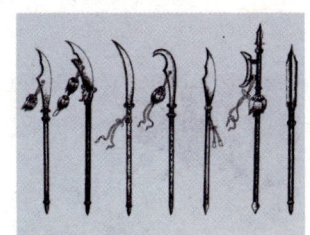

宋代军刀

大刀属长兵器，过去多为马上战将使用，主要用法是劈、抹、撩、斩、刺、压、挂等法。宋代大刀"前锐后斜"，即刀身特别是刀头部分较宽，刀尖呈上斜形。宋代步兵常用大刀来砍敌人的马腿。

在藕塘关的总兵府上，牛皋喝得醉醺醺的

豆腐

豆腐为黄豆加工而成，是一种含蛋白质较高的食品。传说为汉代淮南王刘安所创。宋代时，豆腐已逐渐普及，并广见于当时的食谱

追究他的过错，对他说："既然如此，你率领本部人马去救藕塘关，将功补过。"牛皋领命，随即起身，往藕塘关进发。

牛皋带着人马到了藕塘关，守关的总兵金节出城迎接。牛皋到了衙门大堂，只见处处挂红，十分抢眼。原来金节以为岳飞亲率大军来了，所以才搞得这么隆重。金节摆了一桌酒席招待牛皋。牛皋说："幸喜你这酒席请的是我，要是元帅，可就有罪了。"金节忙问缘故，牛皋告诉他："元帅每次吃饭，都要向北方哭泣，说二帝还在坐井观天，要吃没吃，要穿没穿。做臣子的就是吃豆腐之类的素菜，也已过分。有时被俺们劝不过，才开些荤。他要见你这么丰盛的酒席，还不骂你？"金节听了，连声称谢。牛皋又叫取出大碗来，一连喝了二十多碗酒，还一个劲地叫人再添。

金节见牛皋已八九分醉意了，怕军情紧急，劝牛皋少喝，牛皋不听。正喝着，一名士兵进来向金节小声报告："金兵来犯关了。"金节悄悄吩咐那人传令，各城门加派兵马把守。牛皋迷迷糊糊地听金节在说话，就问："金爷，你鬼头鬼脑的，不是待客之道，有什么事但说无妨。"金节说："我见将军醉了，所以没说，金兵来抢关了。"牛皋大笑，叫道："快取酒来，喝了好去杀金兵。常言道：'吃了十分酒，方有十分力气。'"金节无奈，只得又取了一坛陈酒来。牛皋捧起来喝了半坛，立起身来，踉踉跄跄地走下大堂，上马出城去了。

金节见牛皋好酒贪杯，又狂妄自大，便站在城楼上观战，想看他的笑话。金兵元帅斩着摩利之见从关里出来一员武将，在马上东倒西歪，头也不抬起来，觉得好笑，就没把他放在心上。牛皋本来已经醉了，还叫拿酒来。手下把那半坛酒递给他，他一仰脖，喝了个精光，但经风一吹，"哇"地吐出一大口酒，恰巧喷在一个金将的脸上。牛皋吐了那口酒，倒清醒了一些，睁开眼一看，见前面有一个金将正在抹脸。此时的他一方面想为国杀敌，收复失地；一方面想立下功劳，为自己扫一扫晦气。于是牛皋假装酒醉，东倒西歪地冲到那金将面前，冲上前举锏就打，一下把那金将的天灵盖打碎了。牛皋下马，取下那个金将的人头，再上马招呼众将士冲入金营，杀得金兵死伤无数，四散奔逃。牛皋率兵追击逃窜的金兵，跑了二十余里，夺取了许多马匹和粮草。

金节在关上见牛皋凯旋，心中敬服，赶忙下关迎接牛皋进城，赞道："将军真神勇！"牛皋道："若再吃一坛酒，准保能把金兵杀得一个不留。"金节大笑，将他迎回衙门。金节爱牛皋勇猛，打算将自己的妻妹戚氏许配给他。牛皋怕岳飞怪罪，一再推辞。很快，岳飞也率大军到藕塘关，废除了"不许临阵招亲"的军令，撮合了牛皋和戚氏的婚事。

宋代六角形金杯
　　宋朝的统治阶级过着十分奢华的生活，农民却经常食不果腹，而某些王公贵族连酒具也是金或银制的

牛皋吐酒后，倒有些清醒，假装酒醉，一锏向那金将打去

第二十二章
岳飞施计除刘豫

庄家

庄家即庄客、田客。宋朝的庄家除受雇于田庄的，也有租种庄主田地的，后者亦称佃客。庄客除了耕种外，还要服其他劳役，并负有保护田庄的责任

却说伪鲁王刘豫，在山东残害忠良，无恶不作。他儿子刘猊也仗着父亲的势力胡作非为。一天，刘猊带着家奴来到孟家庄打猎，放出鹰去猎捕大鸟。正好孟家庄孟太公的一个庄家，正在锄田，看见一只老鹰叼着一只大鸟落在前面，赶上去一锄打死了那只鹰，正想着拿回去做下酒菜，刘猊的家奴赶过来兴师问罪。庄家不晓得对方的来历，也据理力争。众家奴一齐上去，七手八脚一顿乱打，不多时就把那庄家打死了。刘猊还不肯罢休，带着家奴闹到孟家庄。孟太公听说庄家被刘猊打死了，气得七窍生烟，骂道："反了，反了！你们打死人不偿命，反要我赔鹰！"刘猊拍马上前，就

孟家庄的庄家打死了刘猊的鹰，刘猊家奴赶来问罪

要抓孟太公。老人家被马一撞,晕倒在地,流血不止。众庄丁连忙扶起,抬进书房,又连忙去找太公的独生子孟邦杰。这孟邦杰自幼爱使枪弄棒,使得两柄板斧。那天正在后边菜园地里练武,庄丁慌慌张张来送信。孟邦杰听了,三步并作两步赶到书房。庄丁将刘猊打死庄家,来向太公索赔的事说了一遍。太公醒来,叫道:"我儿,刘猊如此霸道,你一定要给我报仇!"说完痛极身亡。孟邦杰号啕大哭。

正在悲伤之际,庄丁来报:"刘猊还在庄门外叫骂,说不尽快赔他的鹰,就要打进来。"孟邦杰听了,揩干眼泪,叫庄丁先去安抚刘猊。刘猊哪里耐烦,率领家奴就要冲进去。孟邦杰恨不过,进屋提了两柄板斧,出门骂道:"你这卖国求荣的狗贼,今天我杀了你为父报仇,看你哪里走!"拿起双斧就朝那三四十个家奴砍去,几斧下去,杀了二十多个。刘猊见孟邦杰厉害,知道不是对手,吓得抱头鼠窜。孟邦杰步行,哪里追得上,追了几步,只得回庄,将父亲草草地葬了。他知道刘猊还会来寻事,叫庄丁们快快收拾细软东西,带上家人,分头逃命去。孟邦杰自己带了些散碎银子,扎在腰间,提了双斧,正要出庄,听见庄前人喊马嘶,只得从后墙跳出去,大踏步逃走了。

刘猊带着家奴回家,编了一通假话,向父亲刘豫哭诉如何在孟家庄受了委屈。刘豫听了大发雷霆:"我王府中一条狗出去,别人也不敢轻易惹它,何况是我儿

孟邦杰恨不过,提起双斧,一连几斧,砍死了刘猊二十多个家奴

宋代水榭模型

宋代大户人家的庭院一般建筑布局严谨,包括门前台阶、围墙、回廊、庭院、水榭等附属建筑。装饰上多用彩绘、雕刻及琉璃砖瓦等,绚烂秀丽而又富于变化

岳飞设宴庆贺孟邦杰等英雄们的到来

子？你领五百人马，马上去包围孟家庄，把他一家老小全都杀了，以泄我心头之恨。"于是，刘猊领兵来到孟家庄，把庄院团团围住。打进庄去一看，里面空无一人，就下令放一把火，把孟家庄烧得干干净净。

孟邦杰不敢停留，连夜赶路，想到藕塘关去投奔岳飞，中途恰巧要经过卧牛山，便想去看看朋友岳真。岳真是孟邦杰学艺时的同门兄弟，在卧牛山做大王。他听说孟邦杰来了，十分欢喜，立即叫山上的四位兄弟呼天保、呼天庆、余庆、金彪来和孟邦杰相见。孟邦杰将刘猊围猎打死父亲的事说了，岳真等义愤填膺，就要聚集人马去为孟邦杰报杀父之仇。孟邦杰劝道："小弟听说岳元帅忠孝两全，想去投奔他。在这卧牛山做绿林好汉，毕竟不是个长久之计，不如大家一起去。如果他是个忠臣，我们在他帐下，也可以随他挣些功劳，光宗耀祖；如果他不是忠臣，我们再回山寨不迟。"众人早有这个心，当日即收拾好山寨的粮草、金银，带领一万多喽啰，一齐往藕塘关而来。

岳真等兄弟六人在藕塘关外扎寨，岳飞听说有卧牛山的好汉来归顺，十分高兴，便在营前等候。等众人到来，岳飞忙请进营中，下令设宴款待。岳真等说："我等在卧牛山落草，因刘豫不仁，特来投奔。"孟邦杰将自己的遭遇告诉岳飞，请岳飞发兵往山东去捉拿刘豫，

同门兄弟

同门兄弟即同学，即同出一个师门之下。同门关系是古往今来很重要的一种人际关系，很多人利用同门关系结成一定的势力

为父报仇。岳飞道:"本帅早有心除掉刘豫,只等机会到来,即可见机行事。"孟邦杰谢过岳飞,卧牛山的兄弟也更改衣甲旗号,各立营头居住。

七月十五那天,牛皋和吉青抬了果盒到山上去祭祖,不免多喝了几杯。牛皋走到山坡边去小解,忽然看见山下草叶乱动,他系好裤子,一手将那人拎了出来。牛皋将那人绑了送到岳飞帐里。岳飞一见那人的服色行径,便知是金国奸细,故意装醉,叫人松绑,骂道:"张保,我差你到山东去,你怎么躲在山中?为何把书信也丢了,误了我的大事。"那人吓得唯唯诺诺,不敢吭声。岳飞便再写了一封书信,用蜡丸油纸包了,绑在那人的裹脚上,并说这次如若有误,定然斩首。那人得命,慌忙走了。牛皋不明就理,忙问缘故,岳飞说:"我本想去山东讨伐刘豫,又怕金兵来犯藕塘关,所以才借了那个奸细来行反间计,故意把他认作张保。"牛皋听了恍然大悟,众人齐夸岳飞神机妙算。

那个人果然是兀术帐下的一个参谋,叫忽耳迷。兀术派他到藕塘关来探听岳飞消息,不料被牛皋抓住。忽耳迷出了宋军大营,连夜逃回河间府。兀术见他神色匆匆,忙问原故,忽耳迷将被牛皋擒拿,岳飞大醉错认成张保叫他去山东送信的事说了。兀术取来书信一看,是刘豫暗约岳飞领兵取山东的回书。金兀术大怒,派人到山东抄斩了刘豫全家,只有刘猊在郊外打猎,得知消息,慌忙逃走。

兀术中了岳飞的反间计,派人抄了刘豫的家

第二十三章
张氏兄弟立首功

金兀术杀了刘豫,便令王兄粘罕带兵南下,去攻打藕塘关,粘罕率军在藕塘关外十里处扎营。岳飞得报,立即布置好人马,准备出兵迎战。粘罕寻思:"往日在青龙山时,未曾提防,被岳南蛮单人独马来踹营,死伤了不少人马,这次要防他。"于是下令在帐前掘下一个陷阱,两边伏下挠钩手,以防劫营,又挑选一个面貌相像的金兵装成自己,坐在帐中看书,自己则躲到后营。

却说吉青在青龙山曾中了粘罕的"调虎离山计",受了岳飞的埋怨,发誓这次一定要活捉粘罕。吉青单人匹马跑到粘罕营前,提起狼牙棒大喊一声,就打了进去。金兵拦挡不住,大叫一声:"南蛮来踹营了!"四散逃奔。吉青打到中间,见牛皮帐里坐着一个人:面如黄土,头插雉尾,身穿紫色战袍。吉青一看,这不就是粘罕吗?连忙拍马上前,只听见"扑通"一声,连人带马跌入陷坑。两边军士放下挠钩,把吉青抓了起来,推进后营。粘罕见不

吉青中了粘罕的计,跌入陷阱

是岳飞，便令推出去斩了。铜先文郎忙喊："刀下留人！"粘罕一愣，忙问缘故。铜先即道："当日我几乎死在他手里，怎能不杀他？但四狼主说过'如拿住吉南蛮，必须送往河间府，报昔日爱华山之仇'。"粘罕遂派了元帅金眼郎郎、银眼郎郎，将吉青押上囚车，连同军器马匹，一齐送往兀术处。二人领命，立即出发。

张立见金兵押了一员宋将，举棍就打

金兵押了吉青，出了藕塘关，在路上恰好被张立看见。这张立是河间府节度使张叔夜的长子，因避难在外，盘缠用尽，只得行乞度日。听说岳飞在藕塘关，特意来投奔。张立见金兵押送一员宋将，提起铁棍就打，横三竖四，早打翻了六七十个。金眼郎郎、银眼郎郎见了，转身来救，张立提棍便打，战不到几个回合，照头一棒，就把金眼郎郎头颅打得稀烂；银眼郎郎心里发慌，拨马就跑，张立赶上去，连人带马打成四段。吉青在囚车里见了，挣脱牢笼，夺了狼牙棒，举棒乱舞。他见张立衣衫褴褛，也不去打招呼，往北去追击金兵了。张立见了，心想：这人真可恨，我救了他一命，他连姓名都不问一声就走了。只得一人向前走去。

金兵被吉青追得四处奔逃，忽然迎面杀出一支人马来。原来此处是猿鹤山，此山上的寨主诸葛英、公孙郎、刘国绅、陈君佑四人，带领四千人马，听说金兵经过，想来夺些辎重粮草，见一个青脸蓬头的大将从后面追来，误认为是金将，截住就打。

宋朝刑具——枷

　　枷是戴在囚犯颈部的木质械具，是古代的一种刑具。宋朝的枷分为两种，一种重20斤，一种重25斤。后来皇帝赵恒接受了河北路刑狱陈纲的意见，增设了15斤重的枷。

粘罕被追得无路可逃，只得弃马爬山逃生

《乞儿图》
综观整个中国史，每次强敌入侵，总是导致不少百姓流离失所，衣食无着，最终沦为乞丐。南宋初期也是如此

张立恰好走了过来，见吉青战不过四人，顷刻就有性命之忧。心想：这人本不应救，但见他四个杀一个，有些不服，再救他一次也罢。然后不问情由，上前助战。吉青得了张立的帮助，如虎添翼，六个人杀得难解难分。

再说岳飞听说吉青独自去踹营一夜未归，亲自率领二十多员战将，分头去踹营，搭救吉青。众人杀到金营，岳飞见金兵分成左右，让开大路，心知有诈，传令众将分成四路，从后营包抄。宋军在金营横冲直撞，金兵抵挡不住，往前一拥，纷纷跌下陷坑。粘罕带着众元帅分兵左右迎敌。哪里抵挡得住？不多时，金营里尸横遍地。粘罕与众元帅也顾不得许多，各自夺路逃走。粘罕恰好也逃到猿鹤山下，看见前有猛将，后来追兵，只得抛下战马，爬山越岭，仓皇逃命。

岳飞带兵追到猿鹤山下，见吉青同一衣衫破旧的大汉与四将在交战，牛皋、王贵见了，不问青红皂白就去助战。岳飞见那四个好汉个个本事高强，那破衣大汉也十分骁勇，心中欢喜，连忙喝住。诸葛英等见是岳飞的旗号，连忙来见。岳飞劝道："朝廷正在用人之际，你们何不共扶社稷？"四人正有归降之心，立即收拾人马投入岳飞营中。

张立见了岳飞，想起弟兄分散，自己流落江湖，父亲尽节，母亲又亡，流下泪来。岳飞忙问缘故，才得知他是张叔夜之子，又听说他救了吉青，更是高兴，答应尽快帮他请旨授职。岳飞新收了五员干将，回到藕塘关，设宴庆祝。这时朝中又传来圣旨，叫岳飞去汝南征讨叛将曹成、曹亮。

岳飞命牛皋带领人马先去攻打汝南的茶陵关，汤怀、孟邦杰负责押运全军粮草，谢昆去催粮接应。安排停当，岳飞又命金节守好藕塘关，然后带领三军，拔寨起行。

牛皋兵至茶陵关，扎下营寨，便到关前讨战。关里闯出来一员大将，满脸乌黑，提棍就打。牛皋举铜招架，战不到十几个回合，牛皋招架不住，回马便走，三军呐喊，一齐放箭。那将见了，领兵回关。

第二天，岳飞率大兵到达。牛皋将那员步将的情形禀告岳飞，张立在一旁听了，说道："牛将军所说的那员步将情形，好似我兄弟，待我去会会他。"张立领兵出营，在关前讨战。关内那员大将手提铁棍，又出来迎敌。张立定眼一看，果然是兄弟张用，假意喝道："你不必问我姓名，只管打来。我奉了岳元帅令，来拿你们这群叛贼！"张用会意，提棍打来，张立举棍招架，假战了三四个回合，张立虚打一棍，落荒而逃。张用随后赶来，赶到一个僻静处。兄弟相认，分别叙说别后经历。原来张用无处栖身，投奔了曹成，现任茶陵关总兵。兄弟俩商议好，明天张用在两军阵前献关。

第二天，张立又到关前讨战，虚战了三个回合，张用便指挥关内三军归顺了朝廷。岳飞得了茶陵关，保奏张立、张用兄弟为统制，一面差人催运粮草，一面准备进兵栖梧山。

持棍武将

棍是历史最悠久的兵器之一，因制作材料不同，分成木棍和铁棍；因长短不同，分成长棍和短棍。宋代习武之人普遍用棍，且棍法流派颇多，如少林棍法、青田棍法等

张立、张用兄弟在僻静处，商量好献关事宜

第二十四章
栖梧山智降何元庆

绿林

湖北当阳东北有座绿林山。据说西汉末年,湖北绿林军在此起义。农民军利用有利的地形,以少胜多,大败王莽军。以后人们便以"绿林"来代指占据山头起义的农民军

且说谢昆护送粮草经过九宫山,山上有一群绿林好汉,为首的叫董先,手下有四员大将陶进、贾俊、王信、王义。那天,谢昆听说岳飞的粮草恰好在山下经过,于是带领人马,扎营在半山腰。谢昆的粮草刚到九宫山,便被董先等截住,谢昆见对方人多势众,自知不是对手,一面求饶,一面派人向大营求救。

岳飞听说粮草被截,立即派了施全前去救应。施全在途中遇到了张宪。张宪是张所元帅的儿子,父亲已经故去,想投奔到岳飞帐下去杀金兵。施全将他收下,带他同往九宫山去救粮草。

谢昆护送粮草来到九宫山,遭到董先拦截

两人见了谢昆,张宪一马当先,来到九宫山下叫战。董先见他是一个衣着光鲜的少年,也不放在眼里。张宪摆了摆手上的虎头枪,朝董先打来。"唰唰刷"一连几枪,杀得董先手忙脚乱,招架不住,败回山去。过了一会儿,董先领了陶进等杀下山来。陶进等曾是张所帐下的部将,见是公子,忙来相见,并劝服董先同张宪一起投奔到岳飞营中。董先本无心为贼,便整顿兵马,会同谢昆、施全,一齐往茶陵关而来。岳飞见又添了六员大将,非常欢喜,决定即刻发动大军,攻取栖梧山。

何元庆想偷袭宋营,没有成功,反倒中计被捉住

栖梧山是汝南一个险要关口,守关大将何元庆武功十分厉害,岳飞决定亲自到关前讨战。何元庆闻报,披挂下山。岳飞见他身披金锁甲,手提大银锤,威风凛凛,动了爱才之心,劝他弃暗投明。可何元庆不听,手提两柄溜银锤就来战岳飞,岳飞举枪来迎。两个棋逢对手,将遇良才,激战了一整天,也分不出胜负。两人见天色已晚,才鸣金收兵。

岳飞回到营中,对众将道:"何元庆未定输赢就忽然收兵,今晚必定来劫寨。汤怀你带人在大门口掘一个陷阱,用浮土盖住;张显、孟邦杰率兵埋伏在两旁;牛皋、董先带兵埋伏在中途,截住他的退路。"众将听令,立即去准备。当天晚上,何元庆果然来劫寨,见宋营灯火昏暗,寂然无声,当即一声呐喊,冲入宋营中。忽然宋营里也传出一声炮响,三军一齐杀出。何元庆没有防备,连人带马一起跌入陷阱。众喽啰想转身逃走,被董先、牛皋拦住,全都归降了宋朝。岳飞吩咐给何元庆松

金锁甲

金锁甲又称"黄金环锁甲",是一种用镀金铁环,互相密扣,缀合而成的铠甲。这种铠甲因环较多且质地很好,多为贵族所享

岳飞和何元庆一直打到半夜，这时何元庆山上的寨子着火了

龙

龙是我们民族的象征，龙图腾自商代形成后，随着岁月的流转，其形象也在不断地变化和发展。现在我们所见到的龙图案是由牛头、猪嘴、蛇身、鱼鳞、龟颈、马鬃、鸟爪、羊须、鹿角等组合而成的

了绑，再次劝他归降。何元庆不服，岳飞于是交归他的马匹双锤，令他整兵再战。

次日，岳飞叫来张用了解栖梧山的地形，张用说："后山有条路可以上去，只是有条溪水，虽不深，却路狭难走。"岳飞听说，叫张用、张显、陶进等领兵三千，带一些沙袋、烟火，到二更时分，用沙袋填溪，偷渡过水，埋伏在栖梧山后。

岳飞刚分拨完毕，何元庆已在阵前叫战。岳飞上马迎战，何元庆拍马提锤就打。岳飞右挑左刺，一杆枪耍得如同蛟舞龙飞；何元庆前挡后架，两柄锤舞得一派银光。两人又杀了个天昏地暗，并不见输赢。到了晚上，岳飞故意激道："将军如果辛苦，回去养足精神，明天再战。"何元庆哪里肯服，怒道："岳飞，你不要夸口。我与你战个三日三夜！"两人遂吩咐将士点起火把灯笼，三军呐喊，鼓声震天，开始了一场夜战。战到三更，栖梧山忽然火光四起，喊声阵阵。岳飞跳出圈外，叫道："何将军，快回去救火！"何元庆回头一看，果然满山通红，大吃一惊，回身去救。半路上，何元庆遇到了正往下冲的喽啰，闻知茶陵关的张用放火烧了山寨。何元庆恨得咬牙切齿，可山寨已成灰烬，无处安身，只得带了零星兵马，到汝南去求救于曹成、曹亮。

何元庆率领人马来到白龙江边，见茫茫江水，无船可渡，后面宋兵的喊杀声越来越近。正在此时，两只小船从芦苇丛中转出来。何元庆把渔船召过来,丢了马匹,把那两柄锤放在一只渔船上,自己坐了另一只渔船,准备渡河。渔夫撑竿离岸,到了河心,载锤的那船却朝宋军游去,何元庆忙问缘故。渔夫这才告诉他,自己是岳飞手下的耿明达,奉命来捉拿他的。说完,耿明达翻身跳进江里,将何元庆连人带船掀翻,继而把他擒住。岳飞见了何元庆,连忙吩咐松绑,仍然放他回去,叫他再来决战。众将不服,岳飞说:"昔日诸葛亮七擒孟获,南方平定。今天,我也要何元庆心悦诚服地来归降。"

何元庆到了江口,只见一片大江,无路可走,又羞又恼,急得要拔剑自刎。这时汤怀、牛皋飞马赶来,送来酒饭和船只。何元庆见了,感动得涕泪交流,和汤怀、牛皋一起来见岳飞。岳飞见他真心归降,与他结为兄弟,备办酒席,全营欢庆。

诸葛亮七擒孟获

蜀汉建立之后,西南少数民族的酋长孟获率十万大军侵犯蜀国。诸葛亮先后七次捉住孟获又放了他,终于使他心悦诚服,发誓再也不反叛了。这里岳飞也采用这种策略,因此降伏了何元庆,为自己再添一员猛将

耿明达跳进水里,用手把船身一扳,把何元庆摇落水里

第二十五章
失京都高宗落难

潭州

潭州曾辖今湖南大部分地区及湖北部分地区，治所在今天的长沙。唐武德年间始设潭州，此后，几经兴废。北宋乾德元年（963年），复治潭州，管辖范围基本不变。图为长沙的岳麓书院

自从征战太湖以来，宋军又添了许多员战将，力量更加雄厚，于是岳飞请旨朝廷，允许他乘胜追击。不料，朝廷却下旨，命岳飞立刻进军湖广，镇压杨幺的农民起义军。岳飞不敢抗旨，立即率三军向湖广进发。不到一日，大军到了湖广潭州，岳飞一面传令安顿营盘，一面差人打听杨幺的消息。

金兀术听说岳飞已驻兵潭州，与军师哈迷蚩商量："岳南蛮已远在潭州，正好去抢建康。"哈迷蚩献计："狼主可以兵分五路，派大狼主领兵十万去抢湖广，无须交战，只需牵制住岳飞的力量；另派三路大军，分别攻打山东、山西、江西，令他分身乏术；狼主亲自领兵去抢建康。这样，拿下建康便如探囊取物了。"兀术大喜，依计而行，请四位弟兄各引兵十万，分路而去，自领兵二十万往建康进发。

建康留守宗泽屡次上书高宗，请求移驾汴京，号令天下，恢复中原，高宗没有答应。这时，宗泽听说兀术兵分五路，岳飞远在湖广，急

岳飞来到城楼上，看到楼下的队伍已十分壮大，心中十分高兴

得旧病发作，吐血而死，临终仍在呼喊："过河杀贼。"

兀术的二十万大军一路杀气腾腾直奔建康，沿途的节度使、州县官吏望风而逃。兀术的大军一路毫无阻拦，到达长江边上，众元帅、平章等四处寻觅船只，伺机渡江。

长江总兵杜充是个贪生怕死之辈，见兀术来势汹汹，心想：宗泽已死，岳飞又远在潭州，朝中一班佞臣哪里敌得过兀术？我不如献了长江，以图富贵。主意已定，杜充便吩咐三军竖起降旗，驾着小舟来见兀术。兀术大喜，封他为长江王。杜充的儿子杜吉是建康总兵，正把守着仪凤门。杜充又主动说服其子献出城门迎接金兵。金兵在杜氏父子的引导下，直奔建康仪凤门而来。

高宗此时正在宫中与荷香饮酒作乐，一个大臣慌慌张张地赶进宫来，叫道："皇上，不好了！杜充献了长江，他儿子杜吉在仪凤门迎金兵进城了。皇上快走！"高宗一听，大惊失色，也顾不得别人，立即换了便装，由李纲、王渊、赵鼎、沙丙、田思忠、都宽六大臣拥着，一同从通济门逃出。

金兵进了仪凤门，一路畅通无阻。兀术走上殿来，没有寻到高宗，只见一个美貌妇人跪着说道："康王君臣已经逃出城去了。臣妾是张邦昌之女，康王之妃。"兀术平生最恨寡恩薄义之人，上前一斧，将荷香砍成两半。兀术叫人守住建康，叫杜充假装保驾在前面引路，自己率领一队人马随后跟来。

一位大臣慌慌张张地进入内宫，向高宗报告金兵入城的消息

小舟

小舟是一种小型的水上运载工具，用于交通、捕鱼、作战等。一般只能容纳两三人，作为战船，有机动灵活的特点

第二十六章
岳飞保驾牛头山

高宗君臣七人从通济门狼狈逃出,直奔潭州

钱塘江潮涌
钱塘江是浙江省最大的河流,在杭州湾流入东海,河口外宽内狭。钱塘江潮涌是世界著名的一大自然景观

高宗君臣七人骑着马出了建康通济门,一路马不停蹄往前赶。一日,君臣逃到浙江海盐,县主路金出城接驾。王渊建议到湖广去找岳飞。路金认为,沿途的节度使都弃兵逃跑了,路上恐怕无人保驾,不如暂居海盐,等待各路救兵。李纲、王渊怕海盐城小兵少,不能固守。路金说当地有一位隐士,是梁山泊双鞭呼延灼,有万夫不挡之勇,可以召来保驾。高宗忙叫李纲去请。

呼延灼刚到,金兵就已经到了城下。呼延灼出城抵抗金兵前,请高宗君臣在城上观战,要是见他不能取胜,就赶紧逃出海盐,说完,便出得城来。呼延灼宝刀未老,三鞭两鞭就把杜充打下马来。兀术见对手厉害,亲自出城迎战。来到阵前,兀术见呼延灼鹤发童颜,威风凛凛,十分喜欢,劝道:"久闻梁山好汉人人威武,个个英雄。今见老将军,果然名不虚传!但老将军虽然忠勇,却被奸臣所害,不如降顺金朝,封你王位,安享富贵,岂不更好?"呼延灼岂是贪图富贵之人,闻言大怒,举刀就砍,两人战了三十多个回合。可惜呼延灼终究年老力衰,很快招架不住,回马败走。呼延灼逃至吊桥,这吊桥年久失修,呼延灼的马一脚踩断了桥木,他跌下马来。兀术追过来，挥刀砍去，呼延灼英勇殉国。高宗君臣见状，慌忙上马出城，逃往钱塘江。

高宗君臣到了钱塘江，回头见兀术的追兵将至，十分惊慌，忽然看见前面有一条海船，连忙招呼来救驾。渔夫把船拢了岸，让他们弃马上船，起锚离岸。兀术刚好赶到，大声喊道："船家！快把船靠岸，我重重赏你！"那渔家哪里听他的，挂起风帆，一路驶去。兀术见高宗他们已经远去，只得带了人马，沿途去追。

高宗君臣渡过钱塘江，又逃了好些日子，才来到湖广边境。这一天，君臣来到一个村庄，村中有一户人家，院墙高大，众人见天色已晚，便上前投宿。李纲抬头看门楣，才知是张邦昌家，扶着高宗转身就走。原来这张邦昌自从被革了官职，便在这里安家落户。张邦昌得知高宗逃难至此，连忙备马去追，假意逢迎，将其骗至家中，准备将他们君臣献给金兀术。

高宗等在张邦昌家安顿下来，立即叫他派人去通知

宋朝的海船

　　海船是宋代商人进行海外贸易时使用的船只。船身高大宽阔，船长几十米，宽十几米。一般都是三桅以上的大船，有的大海船能乘坐好几百人，小的海船也能乘坐一百多人。

高宗几人准备找个人家投宿，谁知竟误到张邦昌家门前

中国的佛塔建筑

佛塔起源于印度,最早的佛塔,是安置佛舍利的土堆。公元1世纪前后,佛塔建筑随佛教传入中国,并融合了我国建筑的艺术特点,从而创造了具有中国特色的塔

金兵追上牛头山,天下起雨来,金兵滑下山摔死了不少

岳飞。张邦昌假意应承,将高宗送至书房安歇,却私下叫人前后把守,自己去金营通知粘罕。张邦昌的妻子蒋氏忠厚善良,知道此事后,偷偷地来到书房,将张邦昌设计陷害的事和盘托出,并带着他们来到后院,让他们越墙逃走。君臣八人攀枝依树,爬出墙来,慌不择路,向前奔逃。

粘罕带领三千兵马来到张邦昌家,在大厅坐定,命张邦昌立即带高宗来见。张邦昌来到书房一看,只见书房门大开,不见了高宗君臣。这一下吓得他七魂少了六魄,慌忙派人四处寻找,寻到后花园,见夫人蒋氏吊在一棵树上自尽了。张邦昌骂道:"一定是这蠢妇坏了我的大事!"遂拔出刀来,割下蒋氏的头来向粘罕请罪。粘罕大怒,下令抄了张邦昌的家,放火把房子烧个净光,只留下张邦昌在前面引路追赶高宗。张邦昌哑巴吃黄连,有苦说不出,只得听令。

在张邦昌的带领下,粘罕领兵追到牛头山,远远望见有七八个人正顺着半山向上爬,粘罕料定是高宗君臣,连忙命令金兵上山去捉拿。高宗君臣在山上看见山下无数金兵正追赶过来,心想:这回逃不脱了。正在危急时刻,天上忽然阴云密布,降下一场大雨。金兵大多穿的是皮靴,加之山陡路滑,金兵爬一步,倒退两步,立脚不牢的,还掉下去跌死了不少。雨越下越大,粘罕料定他们逃不远,下令搭起牛皮帐,等雨停了再上山去捉人。高宗君臣也顾不得大雨，拼命往上爬，一口气爬到山顶平地，看见有一座佛塔，也没有和尚把守。高宗君臣全身湿透，见金兵没有追上来，便进去躲雨。

建康失守、高宗逃往潭州的消息传到了岳飞那里。岳飞听了大吃一惊，急得拔出剑来就要自刎，被张宪、施全拦腰抱住。岳飞哭道："君辱臣死，圣上蒙尘，为臣者怎能忍辱偷生？"诸葛英劝道："找到圣上是当务之急，不如请公孙郎来占一卦，看圣上逃到哪儿，我们好去保驾。"岳飞拭泪，忙命摆香案。公孙郎在香案前，焚香祷告，占出高宗在潭州牛头山。

牛皋在牛头山上找到高宗，把自己带的干粮献给他

岳飞连忙派牛皋和潭州总兵率领五千人马到牛头山查探，其他的人分头到各处打听。牛皋得令，立即起兵。牛皋率军到达牛头山下，恰逢大雨。牛皋在山下撑起帐篷，准备等雨停了再往前走。这时军士来报，前面发现金兵营帐。牛皋心想，公孙郎果然神算，金兵在附近，高宗肯定离此不远，于是请潭州总兵带路，从荷叶岭绕道上山。高宗君臣正冻得瑟瑟发抖，忽然听到外面一阵喧闹。李纲从门缝里一瞧，见是牛皋，高兴地大喊道："牛将军，快来救驾！"牛皋在殿前下马，进殿见了高宗，叩头请安，将身边的干粮献上，然后吩咐三军守住上山要路，又派人速回潭州报告岳飞。山下的粘罕得知山上有宋兵把守，立即派人前往临安报知兀术。

第二十七章
牛皋催粮收三将

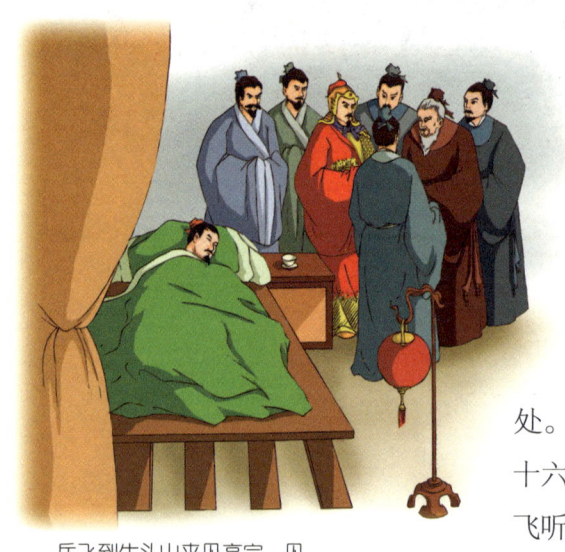

岳飞到牛头山来见高宗,见高宗病倒在床

汉高祖筑台拜将

公元前206年,经萧何举荐,刘邦在汉中城南,筑台设坛,敬祭天地,拜韩信为大将军。韩信为大将军后,统率三军,帮助刘邦逐鹿中原,成就统一大业,建立汉王朝

岳飞得知高宗在牛头山灵官庙,快马加鞭赶去见驾。君臣相见,抱头痛哭,高宗又将沿途所受的苦细细说了一遍。因一路受了惊吓,又湿衣裹身,高宗染了风寒,发起烧来。岳飞见灵官庙狭小,吩咐将士们再往山中寻找更好的安身之处。张保找到一所道观,叫玉虚宫,有三十六间房屋,里面日常用品一应俱全。岳飞听说,连忙将高宗送到玉虚宫,找了件干净衣服给高宗换了,安排他在观内静养调治。观内一位老道士说:"梁山泊神医安道全正在观内,可请他来调治。"岳飞听了十分高兴,连忙亲自去将安道全请来。病情好转以后,高宗又效法当年汉高祖筑台拜将的先例,在灵官殿搭台,拜岳飞为"武昌开国公少保统属文武兵部尚书都督大元帅",由岳飞统管各路勤王兵马。

第二天,岳飞召集将士说:"三军未到,粮草先行。目前交兵之际,粮草要紧。现在山下被金兵围住,谁敢冒险突围去相州催粮?"话音未绝,牛皋抢着说:"末将敢去!"岳飞便将令箭和文书交给他,令他四日内到相州去取得粮草。牛皋将文书揣在怀里,将令箭插在飞鱼袋里,上马提锏,独自一人跑下山来。牛皋冲到粘罕营前,舞动双锏,踹进营去,逢人便打。粘罕闻讯,拿了溜金棍上马来迎战。被牛皋一连打了七八锏,粘罕败下阵来。牛皋冲出金营,到相州去了。

牛皋日夜兼程到了相州,一直到节度使辕门才下马,来不及通报,就亲自击鼓惊堂,谁知用力过猛,那鼓被一锏打破。相州节度使刘光世连忙出门相迎,牛皋递上文书,叫道:"都爷快看文书!快看文书!"刘光世看罢,连忙传令准备粮草。至二更时分,粮草齐备,刘光世派了三千将士护送,再修书一封,交给牛皋。牛皋叩头辞别。

牛皋押着粮草,走了一天,忽然下起大雨来。牛皋见前面有一堵红墙,以为是一座庙宇,走近一看却是一座王府祠堂。牛皋也不管三七二十一,就叫军士把粮车推进祠堂内躲雨。原来这祠堂是汝南王郑怀家的。那郑怀力大无比,善于步战,听说来了一队军马,推着粮草在祠堂里喧哗,提着大铁棍就出来了。牛皋见郑怀来势汹汹,以为来抢粮的,不问情由,举锏就打。郑怀抡棍招架,斗了三四个回合,郑怀一棍击落牛皋的双锏,把他擒住了。郑怀喝问道:"你是何方草寇,敢来糟蹋王府祠堂?"牛皋喝道:"我是岳元帅帐下的牛皋,现奉岳元帅之命,催粮上牛头山保驾的。你敢拿我,等我奏明皇上,看皇上不把你凌迟处死!"郑怀听说是岳飞帐下的牛皋,忙命松绑。郑怀亲自扶牛皋坐下,解释了误会,跪在地上要拜牛皋为大哥,一同上牛头山保驾。牛皋爽快答应,于是郑怀收拾了行李,与牛皋一同启程。

这天,牛皋、郑怀二人领着粮

祠堂
祠堂是古代家族中举行祭祖、商议家族事务、表彰功德、惩戒罪恶等活动的重要场所

凌迟:又名寸磔,俗称"千刀万剐",是中国最残酷的酷刑之一。施刑者(刽子手)把受刑者身上的皮肉分成数百至数千块,用小刀逐块割下来。受刑者往往要忍受数小时的痛楚才会气绝身亡。

牛皋看见前面有一堵红墙,以为是个寺庙,叫军士把粮车推过去避雨

北宋的军粮储备

水稻是宋代南方的主要粮食作物。麦则是北方的主要农作物。南宋初年,由于连年攻战,粮食生产,尤其是北方的粮食生产受到影响,军粮储备有限,政府常向百姓预借粮食

草来到一座山前,忽然听见一阵锣响,从山后闪出五六百个人来,为首的是一个少年。这少年白马银枪,叫道:"知趣的话,留下粮车,放你过去!"牛皋大怒,正要出马,郑怀抢先一步,提棍上前便打,那小将抢枪就刺。二人大战了三十多个回合,不分胜负。牛皋拍马上前,叫道:"我是岳元帅的好友牛皋,见你年纪虽小,武艺倒好。不如归顺朝廷,胜过在这儿做强盗。"原来这少年叫张奎,是东正王张光远的后人,见朝廷奸臣当道,故在这儿落草为寇。张奎听说牛皋是岳飞的部下,忙弃枪下马,愿意同牛皋一起往岳飞麾下效命。

三人合兵后,又过了一天,来到一个地方,突然闪出四五千人挡住去路,要他们留下粮草。为首的是一个后生,手提一杆錾金虎头枪,声称要与牛皋大战三百个回合。郑怀大怒,举棍就打,那后生用枪架开,一连几枪,杀得郑怀气喘吁吁。张奎见状将银枪一摆,上来助阵。两人与那后生战了二十余回合,牛皋见仍

高宠催马上前,挡住牛皋的去路

招架不住，举起双锏也来助战。结果，牛皋等仍不是那人的对手。三人正慌忙不安之际，那人忽然跳出圈外，叫声："且慢！"三人收了兵器，气喘吁吁。那人说他叫高宠，原要去牛头山保驾，知道牛皋到此，特来献艺。牛皋大喜，与高宠合了队伍，催兵向牛头山进发。

牛皋押着粮车回到牛头山，看见金兵已把牛头山团团围住

这时兀术率领六七十万大军已到牛头山，在山下扎住营盘，将牛头山围得水泄不通，准备把宋朝君臣饿死在山上。牛皋等押着粮草到了牛头山。高宠望见金营连绵十余里，便对牛皋说："小弟在前面冲开营盘，兄弟们保住粮草，一齐杀入。"牛皋便叫张奎、郑怀左右辅翼，自己押后，催着粮草往前走。高宠一马当先，大叫一声，冲入金营，枪挑鞭打，如同砍瓜切菜一般，打开一条血路。左有张奎，右有郑怀，一枪一棍，犹如双龙搅海。牛皋在后，舞动双锏，好比猛虎搜山。金兵哪里抵挡得住，吓得各自逃生。兀术忙派了四个金将迎战。高宠三枪刚好挑死三个，后边又来了个黄脸金将，使一条狼牙棒打来，高宠侧身躲过，往那金将心窝里一戳、一挑，把尸首抛向半空中去了。金兵们吓得个个无魂，人人落魄，只顾奔散逃命。押粮队伍冲开了十几座营盘，直上牛头山去了。兀术无奈，只得传令收拾尸首，整顿军营。不多时，牛皋等催着粮草上了荷叶岭，拜见岳飞。岳飞大喜，带他们到玉虚宫见了高宗，将张奎等三人保驾的事奏明。高宗封他三人为统制，三人谢恩而退，同岳飞回营。

帐篷

帐篷是我国古代北方游牧民族所住的圆形房屋，一般用木头搭成框架，再在外面以羊毛或牛毡覆盖并围起来。军帐是行军宿营时的必备物品

第二十八章
挑滑车高宠丧命

三牲之一——羊

羊是古代祭祀时所用的三牲之一,三牲即猪、牛、羊。三牲全备称之为"太牢",只有羊、猪则称为"少牢"。

牛头山被金兵所围,形势非常不利,为了保高宗早日回京,岳飞决定与金兵决一死战,于是派了牛皋去下战书。牛皋来到金营,要兀术下座见礼,兀术不肯。牛皋说:"我上奉天子圣旨,下奉元帅将令,来下战书。我堂堂天子使臣,怎么肯屈膝于你?"兀术见他言之有理,忙下座相见。牛皋递上战书,兀术在后面批上"三日后决战"。牛皋得了战书,回营复命。

第二天,岳飞又派王贵、牛皋去金营偷猪羊祭帅旗。王贵、牛皋二人商量道:"这金营六七十万人马,谁知道他的猪羊藏在哪里?不如捉个金兵,权且当个猪羊来交差。"于是,两人拍马上路,冲进营中,趁金兵不

牛皋和王贵因找不到猪、羊,就把两个金兵抓来交差

注意,一人捞了个金兵,夹在腰间,回了荷叶岭。粘罕得知消息,立即领了众将赶来,牛皋、王贵早已跑得没了踪影。两人一同回到山上来缴令,岳飞见了笑道:"金兵怎能代作猪羊来祭旗,暂且押往后营吧。"

兀术听说宋营里捉了金兵去祭旗,勃然大怒,也要派人到山上去抓几个宋兵来祭旗。被军师拦住,只得杀了张邦昌当作祭礼,以解心头之恨。张邦昌当日在小校场时曾对天发誓,如若欺君,便在外邦变成猪羊,不料刚好应誓。兀术刚祭过旗,元帅哈铁龙送来铁滑车,兀术传令,把铁滑车埋伏在西南方。两边准备停当,只等开战。

开战那日,岳飞调拨各将紧守各条要路,设下檑木炮石,又派高宠掌管三军司令的大旗,留守后方。岳飞上马提枪,带着马前张保、马后王横来到阵前。兀术出阵,叫道:"岳飞,如今山东、山西、湖广、江西都归我金邦所有。你兵不满十万,被我困在这牛头山,粮草早晚会断绝。不如献出康王,归顺金邦,我封你为王,如何?"岳飞喝道:"兀术,你将二圣囚于沙漠,追天子到湖广。我兵虽少而将勇,不杀你誓不回师!"说完走马上前,举枪便刺。兀术大怒,提起金雀斧,两人大战了数十个回合。这时,那四面八方的金兵呐喊连天,都涌上牛头山,幸好被各路将领挡住。岳飞挂念高宗在山上,恐怕惊了圣驾,勾开斧,虚晃一枪,转马回山。张奎见岳飞回山,立即鸣金收兵。

高宠在山上看得清清楚楚,心想:元帅与兀术交战,没几个回合便急急回山,必定是兀术武艺高强,待我下山去会会!便把大旗交给张奎,上马抢枪,往小路下山来。兀术正往山上冲,迎面撞见高宠。高宠劈面一

岳飞亲自带兵出战,命高宠掌管三军司令的大旗

祭旗:古时行军打仗前举行的一种祭奠英灵、祈求平安的活动。

旗帜在古代军事上的作用
古代战场上双方一般都竖有大旗,按照官位的大小,重要性的轻重不同,所竖的旗子也不同。打仗时夺旗一般多指夺主帅的大旗

高宠骑在马上,用枪挑了一辆又一辆铁滑车

枪,兀术提斧招架,谁知招架不住,把头一低,被高宠一枪,挑落了头盔,吓得兀术魂不附体,回马就走。高宠在后面紧追,追进了金营。

高宠进了金营,拿着那杆碗口粗的枪,连挑带打,把那些金兵杀得人仰马翻,死者不计其数。高宠进东营,出西营,如入无人之境,杀得那些金兵叫苦连天,哭声震地。眼看杀到下午,高宠骑马冲出金营,正要回山,忽然看见西南角上有座金营,高宠想:此处必定是金兵屯粮之地。我把它烧个干净,绝了金兵命根,岂不更好?主意已定,高宠拍马抢枪,冲了进去。金兵慌忙报知哈铁龙,哈铁龙吩咐将铁滑车推出去。众金兵得令,一片声响,把铁滑车推了出来。高宠不知道那是什么东西,用枪一挑,将一辆铁滑车挑过头去。后面一辆接着一辆,高宠一口气连挑了十一辆。到了第十二辆,高宠又是一枪,谁知坐下的那匹马已精疲力竭,口吐鲜血,倒了下去,把高宠掀翻在地。这时铁滑车冲过来从高宠身上碾过去,一下子便将高宠碾得稀扁。哈铁龙带了高宠的尸首来见兀术,连兀术也忍不住感叹:"这个南蛮连挑十一辆铁滑车,楚霸王重生也不过如此,实在厉害!"兀术一面吩咐哈铁龙再去整顿铁滑车,一面叫人在营门口立一个高竿,将高宠的尸首吊起来示众。

这时岳飞同众将正在山前打听高宠的下落,忽然看听金营门前吊起一个尸首。牛皋也远远地看见了,叫

铁滑车

铁滑车是一种类似推车的古代兵器,这种兵器利用陡峭的山坡向下滑行来阻挡敌人的进攻。在滑车的轴承和一些连接处,均采用一些铁零件增加强度,故称铁滑车

声:"不好了!"就拍马冲下山去。岳飞忙令张立、张用、张保、王横、何元庆、余化龙、董先、张宪八将立即下山去接应。

牛皋冲到金营前,有金兵上来拦住。他用锏一阵猛扫,那些金兵慌忙逃散。牛皋冲到高竿前,拔出剑将绳割断,那尸首坠下地来。牛皋抱住一看,大叫一声,翻身跌下马来。金兵见了,正要上前捉拿,张宪等八将赶到,杀退金兵。张保将高宠的尸首驮在马上,众将转身就走。金兵来追,何元庆、余化龙回马大杀一阵,锤打枪挑,将金兵杀退。

众将将牛皋救上山,牛皋醒来大哭不止,连晕了几次。众将见了,人人落泪,个个伤心。高宗传下圣旨:"高将军为国捐躯,用朕的衣冠包裹了尸首,权且安葬在此地,等太平时再送回安葬。"岳飞劝牛皋不要过分伤怀,又命汤怀住在牛皋帐中,随时照顾。

彩绘法事僧乐砖雕

宋朝丧事中往往有僧人或道士做法事。这块砖雕反映的正是这一场景。图中正在奏乐的三人是为一死者超度亡灵,最前者即为一僧人

牛皋抱住高宠的尸首放声痛哭

第二十九章
金兵突袭岳家庄

宋《纺纱图》
　　宋代纺纱业发展迅速，开封设有绫锦院，有织机四百架；河北是当时丝织品的主要产地，有"衣被天下"的称号。东南地区，家家户户，纺织之声不绝于耳，丝织品种类繁多。

　　一天，兀术在营帐内思谋如何进攻牛头山，忽然拍案大喝，说道："前些日子，被高宠一枪，差点送了性命；他有连挑我十一辆铁滑车的本事，岂不厉害！"哈迷蚩说："任他再厉害，也成了一个扁人。臣现在有一计，可以捉拿岳南蛮。臣听说岳飞最孝顺他母亲，岳母现在在汤阴老家。目前我们两军相持，他决不可能提防。我们悄悄派兵去拿他的家属来。他要是知道了，还不主动来投降？"兀术听了大喜，随即派了元帅薛礼花豹领兵五千，从牛头山起身，暗渡黄河，星夜前往汤阴。

　　再说岳飞家中，自从岳飞奉旨外出抗敌，岳母和儿媳在家纺纱织布，勤俭度日，和睦乡里，处处受人尊敬。

　　长子岳云已经十三岁，出落得一表人才。岳母请了个先生教他读书，他天资聪敏，能举一反十，常常将先生问倒。先生觉得颜面无存，只得辞退，接连几个都是如此。从此，岳云开始自学，他将岳飞留下的兵书如《孙子兵法》等，细细翻阅，谙熟于心。他尤其喜欢使枪弄棒，还叫

哈迷蚩给兀术出主意，让他派人去岳家庄抓岳飞一家老小

岳云听说金兵到了岳家庄,主动要求带人迎战

家人置办了一副齐整的盔甲,家中本有些弓箭枪马。岳云常常带着家将,至郊外打围取乐。有时,也独自去校场,看刘光世操练兵马。一天他得到一本唐将李元霸传下的锤法书,十分高兴,又叫家人打了一对八十斤重的大锤,依法锻炼,从不间断,不久便练得一身好武艺。

这岳云学得一身武艺,一心想效法父亲杀敌报国。一天,正是秋收季节,忽然有人慌慌张张地跑来,喊道:"不好了,金兵来了!"大家忙停下农活,准备抗击。岳母得知消息,也大吃一惊,赶忙和媳妇商量退敌保庄的办法。岳云当时正在庄后练武,听说金兵围庄,立刻收了双锤回来。大家正在七嘴八舌、无计可施时,岳云进来了,叫道:"祖母不要惊慌,听说金兵才三五千人,怕他做什么!让孙儿出去把他们杀个干净!"岳母连忙阻拦,说道:"你小小年纪,净说大话!"岳云不服气:"孙儿若是杀不过,再与祖母逃走不迟。"岳母无奈,只得答应。岳云披上衣甲,提起双锤,带了一百多名家将,坐上战马,出门迎敌去了。

岳云等走不到二三里,正好遇上金兵。金将薛礼

古代兵器——锤

锤又名锥,属短重兵器,外形多为球形或瓜状,由于重量大,使用起来杀伤力极强,所谓"锤铛之将不可力敌"

张兆奴想逃走,岳云赶上去一锤将他的天灵盖打得粉碎

花豹见一个十三四岁的小孩子拦住去路,也不放在眼里,提了大刀,走马上前,喝道:"小南蛮是谁,敢拦住我的去路?"岳云回道:"我是岳元帅大公子岳云。你是谁,敢来这里送死?"薛礼花豹听说他是岳飞之子,欣喜万分,叫岳云快些下马投降。岳云大怒,举锤便打,薛礼花豹举锤相迎,不料"当"的一声,刀刃立时被打弯了。薛礼花豹只能招架,无力还手,正想后退,被岳云当头一锤,打下马来。牙将张兆奴见状,吃了一惊,提起宣花月斧来砍岳云。不料岳云身形灵活,眼明手快,一锤掀开大斧,再一锤打来,张兆奴被震得两臂发麻,不免有些心慌,回马便跑。岳云率领家将追赶。金兵自相践踏,死伤无数。跑了没多远,张兆奴想:在金营我也是一员猛将,如果我败在一个无名小孩手下,传出去岂不要被人笑话?于是鼓足勇气,回马再战。岳云拍马上前,一对锤舞得滴溜溜乱转,张兆奴拼尽全身力气来挡,越挡越慌,又想逃走,岳云跟上去一锤,打中他的天灵盖,张兆奴死于马下。那些金兵见主副将都死了,吓得无心再战,转身就逃。岳云抡动双锤赶过来,打死不少。这时,相州节度使刘光世听说金兵来抓岳飞家属,连忙率领兵卒来救应。路上恰好遇见那些败下阵的金兵,大杀一阵,把那些金兵杀得一个不留。

斧 斧分为长柄大斧和短柄阔斧,前者多用于马上交锋,后者多用于步战搏斗。它是一种杀伤力很大的白刃格斗兵器

第三十章
岳云寻父建首功

刘光世和岳云回到岳家庄,见过岳母。刘光世极力夸赞岳云年少英勇,岳母听了也十分高兴。岳云乘机提出要到牛头山去帮助父亲,岳母敷衍道:"再等几日,我叫人陪你去。"岳云回到书房,怕祖母反悔,便留了一封书信,悄悄出门赶往牛头山。他紧走慢走,过了四昼夜,到了牛头山,见山上没有半个兵马,只有一个樵夫,十分奇怪。岳云上去问路,樵夫告诉他,这是山东牛头山,不是湖广牛头山。岳云无奈,只得抄小路再奔湖广。

又走了一天,岳云听见山冈上传来吆喝声,只见一个十二三岁的小孩,正用力拖着一只老虎的尾巴,而那虎使劲往前挣脱。岳云见那小孩勇猛,故意喝道:"那虎是我养的,休要伤它!"那小孩一听,也不言语,一手抓着虎颈,一手提着虎尾,把老虎从冈上扔了下来。由于劲使得太大,老虎被摔死了。岳云有意卖弄自己的本事,叫道:"虎被你摔死了,快赔活的来。"说完,下马提起死虎,又抛回山上。那小孩见岳云力气惊人,十分钦佩,忙下山来相见。两人一见如故,当

中国名马——赤兔马
古人依据马的头部形状,形象地将马分为直头、兔头、半兔头等几种。不同种类的马体质也不同

杀完了金兵,刘光世和岳云一起回到岳府,向岳母问安

即结为兄弟。原来那小孩是梁山泊好汉大刀关胜的儿子关铃。关铃见岳云坐骑累得掉了膘,便邀他至陈家庄,歇息了一晚。第二天,关铃送上盘缠和马匹,岳云上路。

却说宋高宗住在牛头山的玉虚宫里,每天水酒素菜,比平时清苦万分。那天正是中秋节,高宗想起这几年被金兵追得四处奔波,不由得流下了眼泪。侍立一旁的李纲劝道:"陛下还算幸运,只是苦了二圣,被关在金国的井中,每天吃牛肉,喝酪浆。"一说起二圣,高宗便忍不住放声大哭。李纲劝不住,便建议他出去踏月散心。高宗这才收了泪,和李纲骑马离宫。

高宗和李纲刚到灵官殿,统制陶进、诸葛英等怕高宗被金兵抓住,上前来拦驾。高宗不听,执意要去。正好兀术同军师哈迷蚩出营来偷窥宋营虚实,兀术正躲在暗处朝宋营看,忽然听见不远处有人交谈。兀术细细一听,辨出是高宗的声音,便叫哈迷蚩立即回去搬救兵,自己则冲上去,大叫道:"王儿休走!"高宗、李纲听了,吓得魂魄俱无,连忙转马便跑,兀术紧追。诸葛英

中秋节的起源

中秋节是我国的传统佳节,关于中秋节的起源有一个说法是:农历八月十五这一天恰好是稻子成熟的时刻,各家各户都要拜土地神。中秋可能就是这种习惯的遗俗

李纲陪着高宗出了军营来看月色,兀术从后面悄悄跟来

等将领看见，连忙挡住兀术。岳飞听说兀术追赶高宗，立刻叫人备马。不料张宪见情况紧急，顾不上细看，错骑了岳飞的马便先去救驾了。诸葛英等被兀术打败，正在危急时刻，张宪一马冲来，照着兀术的脸上就是一枪。兀术没提防，叫了声不好，把头一偏，枪尖正好挑在耳朵上，立即血流如注，兀术转马败下山去。

岳云见牛皋被围，冲上前去，手起锤落，打散金兵

那天牛皋正在祭奠高宠，睡倒在高宠坟上，蒙眬中听见一阵喊杀之声，慌忙上马提锏，杀进了金营。兀术刚受了枪伤，心里烦恼，听说牛皋也来踹营，怒气冲冲，挥斧杀来。牛皋勾开兀术的斧，举锏迎击。兀术躲避不及，被打中肩膀，回马败走。众金将渐渐围拢了过来，牛皋杀得两臂酸麻，汗如雨下，渐渐有些招架不住。

再说岳云来到牛头山，见连绵数十里全是金营，便拍马摇锤，冲了进去。金兵急忙报告兀术。兀术连吃了两回败仗，正心里窝火，提斧上马，恨恨地朝岳云砍去。岳云左手架开斧，右手举锤，照着兀术面门就是一锤。兀术见岳云来势凶猛，向后一退，那锤在兀术肚皮上刮了一下，兀术痛不可当，几乎落马，拍马逃走。岳云也不追赶，左冲右突，如入无人之境，打得金营里尸积如山，血流成川。岳云杀到前面，见牛皋被金兵围住，挥舞银锤，打散金兵。牛皋打得头昏脑涨，以为又来了一个金将，举锏便打，岳云叫道："牛叔父，休要动手！

玉虚宫

玉虚宫是道教供奉"真武神君"的殿堂，"真武神君"得道升天后曾被玉皇大帝封为"玉虚相师"，由此得名。明永乐年间武当山建造了规模宏大的皇家庙观，其中玉虚宫是整个建筑群中最宏大的

我是侄儿岳云!"牛皋这才停手,和岳云一起杀退金兵,回到牛头山去见岳飞。

兀术一夜连吃了三回败仗,又被岳云杀死了许多兵将,苦于无勇将可以与宋将对阵,只得吩咐收拾尸首,重整营帐。

岳飞听说牛皋私自下山,正要责问,见牛皋得胜而归,便不再言语;又听说儿子岳云来投军,便叫进来问话。岳飞问道:"你不在家中用功读书,到这儿干什么?"岳云便将杀敌保庄、私奔牛头山、错走山东相会关铃的事,详细讲了一遍。岳飞见儿子年纪虽小却处事有度,十分欢喜,安排他在后营安歇。第二天,岳飞派岳云到金门镇傅光那儿去下文书,要傅光尽快调集人马来破金营,并嘱咐事关紧要,要即去即回。岳云得令,骑马出营。

路上,岳云寻思:去金门镇绕路会耽搁时间,不如从粘罕营中杀出去直奔正路。主意已定,岳云便催马到了粘罕营前,手摆双锤杀了进去。粘罕闻报,提着生铜棍,腰系流星锤,上马来迎战。粘罕举起流星锤,一锤打去,岳云左手举锤挡住;右手同时发锤,正中粘罕左肩。粘罕大叫一声不好,负痛逃跑。岳云也不追赶,杀出金营直奔金门镇。

不到一天时间,岳云便到了金门镇傅光的总兵衙内。岳云在内堂见过傅光,递上文书。傅光看了,答应到各处调兵遣将,立即前来保驾。岳云取了回书,起身告辞。

岳云催马来到粘罕营前,手摇双锤,冲杀过去

令牌
令牌是我国古代军队中发布命令的凭据。令牌有铜制、铁制的,也有金银制造的特种令牌,如高宗召回岳飞的"十二道金牌"

第三十一章
牛头山大破金兵

粘罕受伤回营后,十分气恼,这时,刚好他的二儿子完颜金弹子从大都来。这金弹子善耍流星锤,有万夫不挡之勇,见父亲被宋将所伤,十分气恼,急忙到阵前讨战。宋营里牛皋、余化龙、董先、何元庆、张宪先后与其交手,皆力怯而退。岳飞无奈,下令高挂免战牌。岳云从金门镇回来,听说那金弹子无人能敌,便拍马下山,与金弹子交战。二人一个银锤摆动,一个铁锤舞起,战了四十多个回合,不分胜负。战到八十多个回合时,岳云渐渐招架不住。牛皋一见急了,大喝一声。金弹子稍一分神,被岳云一锤刺中肩膀,翻身落马。岳云赶上去,取了首级。粘罕、兀术见了十分悲痛,一时无心再战。

岳飞下令将金弹子的首级挂在营前,宋营内人心大振。这时,探马来报:"南朝元帅张浚、顺昌元帅刘琦、象山总兵龚相、藕塘关总兵金节、九江总兵杨沂中、湖口总兵谢昆等收到文书后,日夜兼程赶来保驾,现已齐集牛头山下,请元帅登

流星锤
    流星锤是一种以绳索系住锤体,握于手中,击打有一定距离的对手的暗藏武器,属软兵器类,使用者需要很高的技艺

岳飞到山头一看,山下远远近近到处都是宋朝旗帜

火药武器

宋朝时期是我国火器的重要发展时期,出现了许多利用火药进行攻击的武器。从12世纪开始,火药武器的制造方法由南宋经海路传到阿拉伯,13世纪中叶又由蒙古人传入俄罗斯。阿拉伯人和俄罗斯人又把制造火药武器的方法传入欧洲

山察看。"岳飞急忙登上牛头山山顶,果然见各路人马纷纷推进,约有三十余万,声势浩大。岳飞忙向高宗奏报,请高宗做好下山准备。

一切准备妥当后,岳飞一声号令,数十尊大炮齐发,顿时轰天炮响。四面扎营的总兵、节度使听到炮响,纷纷从外面包围金兵。牛头山上,岳飞传令何元庆、余化龙、张显、岳云、牛皋等为先锋,带领众将士冲向金营,岳飞率领大队人马随后杀入。兀术也召集各位王子、元帅们,准备与宋军决一死战。这场大战打得天摇地动,日色无光。只见岳飞摆动沥泉枪,如同蛟龙搅海,巨蟒翻身,吓得金兵一个个抱头鼠窜,乱成一团,许多人被踩死。各路勤王兵马乘势冲杀,只听见一片喊杀之声,兵器声和战鼓声交织在一起。杀得那些金兵尸横遍地。兀术正在阵中冲杀,忽然抬眼一看,不远处一员大将如天神一般,左冲右突,杀得金兵四处奔逃。兀术认得那员大将是岳飞,不免有些心慌,又见众宋将越战越勇,金兵渐渐抵挡不住,

大家听到炮响,一起冲进金营,杀得金兵死伤无数

只得突出重围,率部往北逃走。

高宗和众文武大臣在岳飞的保护下,毫发无损。来到外围,岳飞遇见张浚、刘琦,请他们保驾回京,自己辞了高宗,带了张保、王横,立即向北追杀金兵。从黎明到半夜,宋将杀得金兵抛旗弃甲,四散败走,众将依然在后面紧追不舍。

岳飞率领人马追来,金兵们匆忙上船逃走

兀术一路往北逃,来到汉阳江口,忽然听见前面金兵纷纷叫苦。兀术到了前面一看,长江波涛滚滚,挡住去路,又无船只可渡,后面宋军的追杀之声越来越近了,兀术吓得浑身发抖,仰天大叫道:"天亡我也!我自进中原以来,从未如此失败过。如今前有大江,后有追兵,这将怎么办?"正在危急时刻,哈迷蚩用手一指:"狼主不要惊慌!快看,那是我们的船!"

兀术定眼一看,那船上果然挂着金兵旗号。原来那战船上的将领正是杜吉、曹荣,因为他们被宗方打败了,驾船逃走,刚好路过这儿。哈迷蚩大喊:"快来救四太子!"杜吉等见是金兵,飞快靠岸。兀术、军师等依次上船。船少人多,哪里装得下,后面的金兵纷纷挤落下水。兀术见追兵已近,只得下令开船。岳飞率军追到江口,一阵狠杀,那些没有上船的兵将杀的被杀,投降的投降,岸上的人马去了十之八九。兀术在船上目睹这一切,掩面流泪,心如刀割。这一仗,兀术的六十多万金兵,只逃走了一万多人。

长江

长江是中国第一大河,干流全长6300多千米。长江的上游分别称通天河和金沙江;宜宾以下始称长江,扬州以下旧称扬子江

第三十二章
梁红玉击鼓战金山

岳飞率兵到了江边,看到兀术已经乘船逃走

岳飞率军追到长江边,见敌船已经远去,又无船可渡,只得暂时在汉阳安营扎寨。这时探马来报:"韩世忠元帅在狼福山下扎营,阻住兀术去路。"岳飞听了大喜,便不再派船去追,又忽然想起,如果兀术被困,难保不弃舟登陆,从长天关逃走,于是吩咐岳云:"你引兵三千,守住长天关。如果兀术经过,你一定要擒住。"岳云领令,带领人马直奔长天关。岳飞自带人马回了潭州。

兀术乘船沿江逃走,那些在建康杀败的兵将、战船及各处逃兵陆续赶来会合,兀术吩咐将船靠岸,全部装上。兀术查点残余兵马,总共不上四五万,战船不过五六百只,回想起刚入中原时,自己手下有雄兵数十万,战将数百员,声势浩大,忍不住放声痛哭。兀术朝江北望去,见韩世忠的战船,排列数十里,旗幡飘动,楼橹相连如同城墙一般;江面上还有百余只韩世忠的小船,来往穿梭,不时发出弓箭流矢;韩军水营的海鳅舰,桅樯高二十多丈,排得密密麻麻,正中央排着大鼓旗号,一杆大旗迎风飘扬。兀术料想很难冲出去。军师向兀术建议,金山离这儿很近,山下有座龙王庙,居高临下,

武汉三镇

武昌、汉口、汉阳合称"武汉三镇",其中汉口一地的历史最为悠久。图为位于武昌的江南名楼——黄鹤楼

可以细看，不如先到山上去查探一下对方虚实。

韩世忠见金兵扎营在黄天荡，便吩咐众将："兀术急于冲出去，今晚必定来偷窥我的营寨。现令苏德领兵埋伏在龙王庙，金兵来了便擂鼓示警；韩彦直领兵埋伏在龙王庙左侧，听见鼓响即出兵去擒拿；韩尚德领兵埋伏在南岸，截住他的归路。"这边刚安排停当，那边兀术也开始行动了。兀术、军师和黄柄奴三人一齐坐船，上岸，悄悄来到金山上。兀术等从龙王庙往下看，果然视野开阔，对面韩世忠水营的灯火忽明忽灭。兀术等正要细看，听见一阵鼓响，从庙里杀出一百多人来。兀术三人吓得心惊胆战，正要勒马回去，从庙侧又杀出一支人马来，为首的是韩彦直。兀术三人吓得飞马下山，不料山路崎岖，一个金将跌下马来，韩彦直举枪便刺，兀术赶过来用斧挡开，与韩彦直大战。其余二人乘机逃走，金将何黑阀接应上船。兀术与韩彦直战不到七八个回合，就被韩彦直活捉。

金山

金山，位于江苏镇江西北的长江南岸，原名氏无山，又名金鳌岭，也称浮玉山，唐代起通称金山。宋将韩世忠与金兵当年战于长江，曾驻军金山附近

韩彦直捉住兀术带回来见父亲韩世忠

妙高台遗址

江苏镇江金山寺妙高台遗址，据当地人传说，梁红玉当年实际上是在这座寺中的妙高台上亲自为丈夫韩世忠擂鼓助阵，使宋军士气大增，最终战胜金兵的

韩彦直将兀术带回营中，韩世忠一眼瞧出这个兀术是假的，便大喝道："你是什么人，敢假冒兀术来骗我？"那人答道："我是金国元帅黄柄奴，军师为防备你有诡计，故让我扮作太子模样。"韩世忠下令将他暂时监禁在后营，回头对韩彦直道："你中了他的'金蝉脱壳之计'，以后一定得小心！"说完，闷闷不乐地回到后舱。

梁红玉听说没抓着兀术，便提醒韩世忠："兀术粮草不多，必定急于撤军。他料想我们今夜小胜，无意提防，必定来突袭。如果兀术只派一部分人与我们交战，进行牵制，而另一部分则乘机过江逃走，那我们可就顾了这头顾不上那头，十分被动，不如做此安排：将军和孩子们率兵，四面截杀，我则管领中军水营，布阵防守；中军大营桅杆上立起望楼，我亲自上去击鼓指挥。以旗鼓为号，鼓响则进，鼓停则守，金兵往南，令旗指南，金兵往北，令旗指北。"韩世忠听了连称妙计，一切依梁红玉的计划布置。梁红玉披挂停当，亲自到中军来布

梁红玉视察营地，吩咐大家按照自己的指挥行事

阵，一切按预先计划布置妥当。

到了初更时分，梁红玉命一员家将专司旗号，自己上了望楼。她站在离水面约二十多丈的望楼上眺望金营，见金营一动一静一目了然，十分满意。二更过后，江面仍旧平静，直到三更后，金营里才有人影移动。梁红玉吩咐将士准备好炮箭弓弩，只等金兵临近一齐放射。她又吩咐三军只许哑战，不许呐喊。

兀术的四万金兵听说连晚过江，一个个磨刀拈箭，兴奋不已。到了四更，金兵以胡哨为号，悄悄驾着五百号战船，向焦山进发。一过焦山，金兵就猛冲过来，喊声震天，可宋营里却全无动静。兀术正在船上惊疑不定，忽然听得一声炮响，箭如雨点般射过来。兀术急忙下令退军，又听见一阵炮响，金兵船只霎时被打得七零八落。兀术忙下令退军。梁红玉在望楼上看得清清楚楚，立即敲起战鼓，号旗上也挂起灯笼：兀术向北，号旗也向北；兀术向南，号旗也向南。韩世忠及二位公子率领游兵，照着号旗的指引截杀。金军左冲右突，就是冲不出去。眼看天色渐明，韩世忠从正面进攻，韩尚德从东杀来，韩彦直从西杀来，兀术哪里招架得住这三面夹攻，那些金兵溺的溺死，杀的杀伤，死伤不计其数。兀术见自己的手下伤亡惨重，知道难以渡江，只得退回黄天荡去了。梁红玉这才擂起收兵鼓。

这一场水战，从夜半直战到天明，足足打了四个时辰，掳获了战船百余只，兵器无数。韩世忠回到水军大营，正好梁红玉从望楼上下来，还没有脱去戎装。夫妻相见，互相庆贺，准备大犒三军。

梁红玉在桅杆上一边监视金兵船队的行动，一边敲起战鼓，指挥作战

中国的灯笼

在中国，灯笼不仅仅用来照明，它往往还含有各种特殊的象征意义，如新娘灯就代表婚礼喜庆；竹篾灯则说明这是丧葬场合；因"灯"与"丁"发音相近，所以家里常挂灯还有祈求人丁兴旺的意味

第三十三章
金兀术败走黄天荡

兀术向渔民打听黄天荡这一带的情况

黄天荡：南京市东北的一段长江水域，古代曾叫作黄天荡。

兀术败入黄天荡后，因不熟悉路径，派人找了两个当地的渔夫来问路。那渔夫告诉他："我们世居在此，这里叫黄天荡，是一条死港，只有进路没有出路。"兀术一听是条死港，心里越发惊慌。军师建议修书一封，与韩世忠讲和，兀术只得照办。但韩世忠见了修书，割去送书金兵的耳朵和鼻子，叫兀术不要妄想。兀术无计可施，只得下令拼杀出去，指望能够侥幸逃脱。

韩世忠料定兀术会拼死夺路，通令全军："如果金兵出来，便用大炮、硬弩射击，把他们打回去。"傍晚，兀术果然带领众将杀了过来，可宋军守得如铁桶一般，根本冲不出去。兀术遂停了船，请韩世忠出来讲话。韩世忠传令战船分成三营，营头上都排满弩弓炮箭，十分壮观。兀术也独坐一条大船，两边都是金兵将领。兀术求降道："我愿对天发誓，从今以后与大宋和好，永不再犯，请元帅放我们回国吧！"韩世忠驳斥道："除非你送回我徽、钦二帝，退回所占领土，否则休想！"说完，他便传令掉转船头回营了。

兀术见韩世忠不肯讲和，而自己又冲不出江口，只得退回黄天荡，军师献计说："不如张贴榜文来试试。如果有人能解除此难,就赏他黄金千两。重赏之下,必有勇夫。"兀术依言叫人贴出榜文,悬赏解困。

却说黄天荡附近有一个穷秀才,满脑子的功名利禄,因为屡考不中,正牢骚满腹。一天外出,秀才见榜文上的悬赏十分诱人,便乘晚上无人时揭了榜。金兵带着秀才来见兀术,兀术出帐迎接。秀才告诉兀术:"这儿往北十余里就是老鹳河,原来有河道可通,现在已被泥沙淤塞了。只要命军士挖开泥沙,引秦淮河的水通河,就可以直达建康!"兀术听了连声称谢。秀才得了赏赐,高兴地离开。

兀术传令全军掘土引水,两万余金兵齐心协力,只一夜功夫,就掘开了三十余里,打通了老鹳河。兀术带领金兵连夜逃出黄天荡,到达安全地带后,弃船上岸,往建康去了。

韩世忠自以为兀术进了死港,绝无生还的理由,派

秦淮河

秦淮河古称淮水,是流经南京市的主要河流,分为内淮河和外淮河,内淮河的南支便是历代文人所赞不绝口的"十里秦淮"。

揭榜的秀才向兀术说了一个突围的好办法

宋朝水军的战船

南宋水军规模比北宋大，常用车轮战船进行作战。南宋时期，宋军充分利用水军行动迅速的优势，通过水路增援的方式，快速调遣四面八方的援军防守受到进攻的城池。这种方法对于抵抗蒙古军队的入侵，起到过非常大的作用

兀术逃到天长关，被岳云截住去路

人守住水口，只等兀术粮草断绝，冲出水港时，再乘势冲杀。梁红玉几次劝他不可疏忽大意，放走了金兵，韩世忠不听，还夸口道："莫说六七万金兵，就是百万雄师，韩某也杀他个片甲不留！"宋兵在江口守了十来天，见金兵没了动静，慌忙告知韩世忠。韩世忠听了大吃一惊，立即派了哨兵去探听，才知道金兵全部漏网逃脱。只得传令大军转往汉阳江口。

兀术从建康一路逃到天长关，未遇到任何伏兵，正在得意扬扬，只听见一声炮响，从树林里涌出三千多人马来，为首的是一员十三岁的小将，那小将头戴束发紫金冠，手提两柄大银锤，喝道："小将军岳云在此等候多时，快快下马来受缚！"兀术大吃一惊，岳云飞马来擒兀术，兀术转身便走，偷偷地跟他人换了装束。岳云追上去，不见了兀术。一会儿，假兀术从人群中冲出来，与岳云战了数十个回合。假兀术举起金雀斧，劈面砍来。岳云用锤往上一架，"当"的一声，假兀术招架不住，被岳云擒住。那些金将见主将被擒，拼命杀出重围，往北而逃。宋军追过去一阵狠杀，金兵死的死，降的降，从黄天荡逃出的两万多金兵只剩下三百六十骑逃回本国！

岳云以为活捉了兀术，十分高兴，连夜押回大营报功。岳飞听说韩世忠将金兵困于黄天荡，不料被他掘通老鹳河逃走了，正在叹息。忽有营门官来报："公子擒了

兀术回兵。"岳飞听了大喜，忙令押进营来。假兀术进了营，不肯下跪。岳飞细细一看，不是兀术，喝道："你是何人？从实招来！"假兀术说："我是金国将军高太保，愿代狼主受死！"岳飞大怒，命人拖出去砍了。岳飞转身怒责岳云："此番又中了他的'金蝉脱壳'之计！你粗心大意，致使兀术再次漏网，绑去砍了！"众将纷纷求情，岳飞才免了他死罪，传令将他绑在营门前示众。

　　这天，韩世忠恰好来见岳飞，约岳飞同到行营见驾，见岳云被绑在门口，正待要问，被岳飞迎入帐内。岳、韩两位元帅略叙寒暄后，韩世忠问："为何公子被绑在门外？"岳飞叹了口气说："我令他守住天长关，不想他拿了个假兀术，依法该斩，经众将求情，才让辕门示众。"韩世忠听了十分惭愧，暗中佩服岳飞军令严明，劝道："金人十分狡猾，防不胜防，本帅尚且失算，被他逃脱，请元帅从宽处理。"岳飞见韩世忠说情，便下令放了岳云。岳云进帐谢过父亲和韩世忠。两帅又商议了一起班师时间和路线，韩世忠便起身告辞。

韩世忠来见岳飞，见岳云被绑在营门口

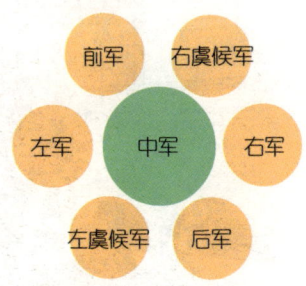

中国古阵法

　　中国古代行军作战是非常讲究阵法即作战队形的。战国时期《孙膑兵法》中将春秋以前的古阵总结为"方阵、圆阵、锥形阵、雁形阵、钩形阵"等十阵。中军帐是古代行军作战时主将所在的营帐，多居阵形中心

第三十四章
排众议高宗迁都

南宋都城临安

临安，即今杭州。宋高宗建炎三年（1129年），杭州升为临安府。绍兴八年（1138年），南宋正式定都临安。从此，临安成为南宋的政治、文化、经济中心。

李纲得到高宗要迁都的消息后，慌忙进宫劝阻

　　岳飞、韩世忠击溃了金兵，黄河两岸渐渐恢复安定。高宗怕金兵再来建康，暗地里准备将国都迁往临安。一天，临安节度使苗傅、总兵刘正彦，派遣官员送来奏本，说临安宫殿已经完工了，请高宗准备起驾迁都。高宗传旨立即整备车驾，择日迁都。文武百官听到这个消息，议论纷纷，莫衷一是。李纲听说要迁都临安，慌忙进宫奏道："自古中兴之主，都崛起于西北，故以关中建都为上策。现在以建康为都虽然只是中策，但还可以号召四方，以图恢复中原故土。如果把都城迁往临安，不免有惧敌退避之嫌，真是下下之策！请陛

下不要迁都，以免动摇民心！"高宗不悦，辩解道："建康自从被兀术占领过后，已经残破不堪，百姓迁的迁，逃的逃，只剩下座空城了，我们怎么守得住？临安南通闽、广，北近江、淮，物产丰富，足以休兵养马。等到兵精粮足，我们再恢复中原，岂不更好？"李纲见高宗主意已定，便提出告老还乡。高宗本是个昏庸之主，巴不得他早点离开，立即准奏。

到了临安，文武百官跟随高宗进入新建的皇宫

岳飞听说迁都之事后，也慌忙同众将入朝劝阻。岳飞劝道："兀术刚刚被打败，陛下应该坚守旧都，选将挑兵，控制住要害之地，怎可为求一时安定，迁都临安，导致民心尽失呢？况且临安地处偏僻，四面受敌，不是建都良地。苗傅、刘正彦为人奸诈，您千万不要受了他们的蛊惑！"高宗不以为然地道："金兵南下，连年征战，导致生灵涂炭，将士离心。现在兀术大败逃回北方，我们正好可以遣使议和，休养生息，再图恢复。"岳飞无奈，只得说道："陛下既然主意已定，现在天下也基本安定，臣离家太久，老母抱病在床，请赐臣还乡，以尽孝道。"高宗准奏。众将纷纷提出要回家乡看望亲人和扫墓，高宗也一一准奏。高宗听信了奸臣的话，怕韩世忠也来阻拦，传旨韩世忠，留守润州，不必来京城了。

一切布置停当，高宗选了个吉日，率领宫眷、百官向临安进发，沿途车马络绎不绝。不到一天，高宗到了临安，苗傅、刘正彦二人连忙迎接高宗进入新造的宫殿。高宗见临安宫殿建造得十分精巧，满心欢喜，传旨改年号为绍兴元年，苗傅、刘正彦二人因建造宫殿有功，封为左、右都督。

卤簿大钟

皇帝出行的仪仗队伍，称为卤簿。卤是大盾，也是仪仗中盾、甲、斧、钺、矛、弓矢等的总代称。簿是簿籍，是登记仪仗队伍先后次序，仪仗中旌旗、幢幡、盾甲、斧钺以及车舆等各色物等的簿籍。这口大钟上刻有宋代皇帝出行时的仪仗队伍

第三十五章
秦桧叛国返中原

军师哈迷蚩给兀术分析他失败的原因。

再说兀术率领残兵败将逃回金国黄龙府，见了父亲完颜阿骨打，下跪请罪。阿骨打听说长子粘罕死在中原，王孙金弹子阵亡，六七十万人马损失殆尽，极其恼怒，命人将兀术推出去斩了。文臣武将纷纷替兀术求情，阿骨打念他攻打中原不易，下令松绑，责令他重新招兵买马，再次南下，夺取宋朝江山。兀术谢恩回府。

兀术回府后，念念不忘中原之耻。一天，兀术问哈迷蚩："我初入中原时，势如破竹，大败宋军。为何有了这岳飞以后，我便屡战屡败，全师尽丧呢？"哈迷蚩道："狼主以前得胜，是因为有宋朝奸臣做内应。现在您将张邦昌这帮降臣奸臣都给杀了。这么一来谁还敢投靠我大金国，王爷您又怎么能得到中原呢？"兀术觉得言之有理，便问："如今到哪里去找这样的奸臣呢？"哈迷蚩道："奸臣还是有一个在这里。当初何卓等五大臣跟随赵佶父子到此，其中四个都是铮铮铁汉，唯有秦桧苦苦乞求才留下条性命。狼主把他赶了出来，故而一直流落在金国。我看这人是个大奸臣。狼主可以派人去把他找来，对他略施恩惠，一年半载之后，他必然心生感激。到时候，您再多送些金银给他，叫他回国做奸细。这样一来，宋室江山还不唾手可得？"兀术听了，连声称道："好计策！"随即派人四处打听秦桧的下落。

却说那秦桧夫妻二人，自从被掳到金国以后，同来

南宋奸臣秦桧跪像

秦桧（1090年-1155年），字会之，江宁（今江苏南京）人。宋高宗时期曾任宰相一职，是南宋著名的奸臣，因为陷害主战派将领岳飞等人，后人在杭州岳飞墓前铸其跪像。

的那些大臣全都宁死不屈,独有秦桧再三哀求,极尽谄媚,才留条性命,被阿骨打赶到贺兰山边的草营内服侍看马的金兵。后来看马的金兵死了,他夫妻两个又流落到了山下,住在一顶破牛皮帐子里,每天靠王氏给那些金兵们缝补洗浆,糊口过日。

这天,兀术坐在府中,闷闷不乐,便带领着一群金兵,到贺兰山打围取乐。在回府的路上,兀术远远望见一个南方妆束的妇人,慌慌张张地躲到林子里去了。兀术觉得奇怪,连忙派人往林子里去搜查。不一会儿,金兵带来一个妇人。兀术见那妇人神色可疑,便下令带往府中审问。兀术进了内堂,叫那妇人来问话。妇人跪下说:"奴家王氏,丈夫秦桧是宋朝状元,随着二帝到这儿。狼主将二帝迁到五国城去了,奴家与丈夫两个流落在此。方才奴家刚要往树林中去拾些枯枝当柴火,不知道狼主到来,多有冒犯,请您饶恕!"兀术听说秦桧是她丈夫,大喜道:"我久闻你丈夫博学多才,正要请他做个参谋。来人,速速备马去请!"

金兵来到贺兰山下,见秦桧正在破牛皮帐外拾柴做饭,便告诉他兀术有请。秦桧知道兀术向来不喜欢自己,听说他有请,心中疑惑,但不敢多问,只得随金兵来见兀术。秦桧见了兀术立即叩头请安,兀术请他坐上座,秦

贺兰山脉

贺兰山脉位于宁夏回族自治区与内蒙古自治区交界处,山势雄伟,像群马奔腾,蒙古语称骏马为"贺兰",所以得名贺兰山。贺兰山脉为南北走向,绵延200多千米,宽约30千米,在历史上一直是我国北方地区的军事重镇。岳飞的《满江红》里就有"驾长车踏破贺兰山阙"的词句

兀术抓来了秦桧的夫人,向她打听秦桧的下落

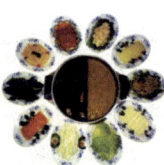

南食和北食

北宋时,南食和北食两大系统已经形成,为中国以后的汉族饮食习俗奠定了基本格局。南食以稻米为主,荤菜主要是鱼肉和猪肉;北食以麦面为主,荤菜主要是羊肉。经过一个多世纪的融合,南宋末年,都城临安的饮食已无严格的南北差异。

桧不敢,兀术道:"我一直仰慕你的才华,因一向带兵在外,没机会与你相见一叙。今天偶然遇见,也算缘分,我这里正好缺少一个参谋,你夫妻俩以后就住在我府中,也方便我朝夕请教。"秦桧拜谢了。夫妇俩当夜便在兀术府中住下了。兀术常派人给他夫妻送些新衣服,每天还供应好酒好饭,饭菜十分丰盛,南食北食齐全。秦桧夫妇每天享受这些优待,十分感激,早把宋朝忘得干干净净了。

不知不觉,过了一年有余。忽然有一天,兀术问他们:"你们想回家去吗?"秦桧道:"承蒙狼主抬举,一直好酒好肉招待,怎么还想回家?"兀术道:"古人说:'树高千丈,叶落归根。'如果你们思念家乡,我可以派人送你们回国。"秦桧见兀术执意送自己回国,大致猜透了他的心思,便改口道:"如果能回去拜一拜祖坟,必当感恩不尽,只是不好启齿。"兀术道:"那有何难!你马上去五国城,讨了赵佶父子的亲笔诏书来,好混过中原关口。"秦桧立即辞别兀术,前往五国城。

兀术每天好酒好肉地招待秦桧夫妇,他们非常感激兀术的大恩

秦桧在五国城见了徽、钦二帝，参拜以后，便说："臣秦桧要回国，求二圣赐臣诏书一封，也好做个凭证。"二帝答应了，由钦宗写了个诏书，叫秦桧回国后，务必设法来接他们回去。

秦桧拿了诏书回到兀术王府，兀术大摆筵宴为他们饯行。第二天，兀术又带领文武官员前来送行。一路上三十里一营，五十里一寨，迎接他们安歇，秦桧夫妇更加感激不尽。在离潞州不远的地方，兀术再次在帐中摆酒送别。席上，兀术话中有话地说："先生回到中原，如果享了富贵，可不要忘了我呀。"秦桧赶紧回答说："如果有机会，我一定将宋室江山拱手送给王爷。"兀术道："你若真有此心，何不对天发誓？"秦桧立即跪下说："上有皇天，下有后土，我秦桧若是忘了王爷的恩德，不能把宋朝天下送与王爷，甘愿患背疽而死！"兀术大喜，连忙将他扶起，说："以后若有要紧事情，叫人来通知一声，我一定设法照应。已到潞州，我不再远送！"秦桧夫妇这才拜别兀术，上马往潞州去了。

秦桧夫妇手执二帝诏书，一路畅通无阻，没几日便到了临安，至午门候旨。高宗听说他有二帝诏书，立即宣进金銮殿。高宗接了诏书，降旨道："卿家从外国回朝，带来二圣的消息，真是可喜可贺，况且卿家在外保护二圣多年，患难不改，朕封你为礼部尚书，封你妻王氏为二品夫人。"秦桧谢恩退朝，进礼部衙门走马上任，那年正好是绍兴四年。

秦桧回到宋朝，向高宗递上徽钦二帝的诏书

金銮殿

金銮殿是皇帝举行大典和接受大臣朝见的地方。皇帝登基、大婚、命将出征及每年元旦、冬至、万寿（皇帝生日）等重大日子都要在这里接受百官的朝贺及赐宴

第三十六章
岳飞义服杨再兴

秦桧回到朝廷后,整天怂恿高宗寻欢作乐

秦桧回国后,游说高宗和金国于绍兴十一年签订了和约,割让了大片领土给金国,每年还交纳大量贡银。宋朝由此换来了一段短暂的和平。赵构本来就是个贪图享受的皇帝,在秦桧的怂恿下,每天在宫中寻欢作乐。那些奸臣佞相们一个个也乐得自己享受,而沉重的贡赋则被转嫁到百姓身上,弄得民不聊生,怨声载道。朝廷的黑暗引起了人们的不满,一些有志之士纷纷聚众起义,要求抗击金兵。老令公杨继业的后人杨再兴聚集几千人,占据了山东九龙山,实力最雄厚。官兵几次征讨,都被杨再兴打败。

兵部上了几道告急奏折,弄得高宗仓惶无措,便问众官有什么良策,太师赵鼎奏道:"诸寇猖狂,唯有起用岳飞。"高宗道:"先前也曾差官去召他来京受职,却被他手下牛皋、吉青等人打回来,还将圣旨扯碎了。如果再去召他,怕他不肯奉诏,怎么办呢?"大臣们也别无良策,高宗只好宣布退朝,明日再议。

高宗回到后宫,魏娘娘见高宗闷闷不乐,便问原因。高宗道:"众寇作乱,朕想命岳飞派兵征剿,就怕他不肯应召。"魏娘娘道:"臣妾愿绣一对龙凤旌旗,中间再绣'精忠报国'四字。圣上派人赐给岳飞,或许他肯来?"高宗依允。魏娘娘很快就绣好了旗子,高宗派

绍兴议和

宋朝迁都临安之后,秦桧和高宗决定与金国议和。和约规定宋金之间,东面以淮河为界,西面以大散关(今陕西宝鸡西南)为界,此线以南属于宋朝,以北属于金国。因为和约签订于绍兴十一年(1141年),史称"绍兴和约"

人带了圣旨和旗子,星夜赶往汤阴。

却说岳飞自归乡以来,一家子共享天伦之乐,很是幸福。不久岳母病故,岳飞非常悲痛,在家守孝。一天,钦差来到岳府,岳飞接了圣旨和龙凤旗,立即约集众兄弟商议。牛皋不肯应召,岳飞劝道:"我们平定内乱,打退金兵,恢复中原,一则是为了让百姓免遭苦难,二则是为了显祖扬名!大丈夫在世,当建功立业呀。"众兄弟见他说得有理,各自去准备行装。等岳飞到了临安,高宗命他官复原职,带兵十万,到山东去剿灭杨再兴。岳飞谢恩出朝,命牛皋率兵三千为先锋,又命岳云押运粮草,两人领命而去。

牛皋率军一路上穿州过府来到了山东九龙山脚下,见天色还早,便吩咐先抢了九龙山再扎营。军士领命,一齐来至九龙山下呐喊。杨再兴得知消息,随即带领众喽啰下山,到阵前问过姓名,才知是牛皋,轻蔑地说:"你就是牛皋?你不是我的对手,等岳飞来再会我吧!"牛皋听了大怒,提起铜锏便打,杨再兴抡枪招架。两人大

宋代丧葬礼俗

在中国古代,父母去世,儿孙必须守丧。各个时期守丧时间长短不一,宋代一般是三年。守丧期间,要穿孝服,戒除喝酒、吃肉等生活享受。图为宋代送葬俑

牛皋领兵来到九龙山下呐喊叫战

龙亭

开封龙亭是北宋皇家林苑，有两个湖泊各居左右，西为杨家湖，东为潘家湖。西湖水清，东湖水浊，正好与北宋杨（业）家世代忠良，潘（仁美）家奸邪污浊相对应

岳飞在阵前劝说杨再兴归顺，杨再兴不答应

战有十二三个回合，牛皋战他不过，只得败下阵来。杨再兴也不追赶，回山去了。牛皋败下阵来，传令三军，在离山几里的地方扎营，等候岳飞的大军到来。

不到一天，岳飞的大军到达。牛皋将败阵的事说了，岳飞笑道："你哪是他的对手，等我明日亲自出马吧。"第二天，岳飞吩咐众将道："这个杨再兴是一员虎将，我要收降他。无论我是胜是败，贤弟们都不要上前，违者都按军法处置。"说完岳飞出了大营，来到九龙山下讨战。杨再兴领兵下山，岳飞拍马上前问道："杨将军，别来无恙？"杨再兴见他认识自己，很是吃惊，想了一想，便道："你就是当年那个枪挑小梁王的岳飞吧？"岳飞点头，劝杨再兴："将军是将门之后，武艺超群，失身绿林岂不玷污了祖宗！将军何不归顺朝廷，扫平金邦，名垂青史？"杨再兴哈哈大笑道："岳飞，我杨再兴岂是个不懂理的人？无奈当今皇帝只图偏安一隅，信任奸邪，不听忠言，将锦绣江山都断送了！你辅佐他，只怕将来死无葬身之地呀！"岳飞一再劝说，但杨再兴不为所动。岳飞只得道："不如我和将军各把兵

将退后,你我一对一,各显手段,如何?"杨再兴点头同意,立即命令喽啰回山寨,岳飞也令众将后退。岳飞和杨再兴各自催动战马,双枪并举,大战了三百余个回合,不分胜负。看看天色已晚,两人约定明日再战,各自收兵回营。

第二天,岳飞带领众将又到阵前,杨再兴早已在那儿等候。两个拨开战马,抢枪交战。两人正打得不分胜败,恰好岳云押解粮草来到营中交差,听说岳飞与杨再兴交战去了,岳云叫军士们守好粮草,一马跑到阵前,只见父亲与一员猛将杀得难解难分,众叔父远远地观看。牛皋见岳云来了,便道:"贤侄,你来得正好,快上去帮你父亲!拿了这强盗,也好早点完事!"岳云不知内情,便应声:"晓得!"把马一催,到了阵前,叫道:"爹爹少歇,等我来拿这逆贼。"杨再兴把枪一收,喝声:"岳飞,你军令不严,还做什么元帅!"说完拨马回山去了。岳飞红着脸,收兵回营。

岳飞到帐中坐定,喝道:"把这个逆子绑去砍了!"众将连忙一齐跪下求情:"公子押运粮草刚到,不知就里,所以犯了军令,求元帅开恩!"岳飞大怒,喝道:"死罪可饶,活罪难免,与我捆打四十!"军士只得把岳云捆了,打到二十棍,牛皋看不过去,心想:明明是我害他受打的,就上前求情:"牛皋愿代侄儿打二十棍!"岳飞这才叫军士停刑,吩咐张保:"你将岳云背上山前,对杨再兴说:'公子运粮初到,不知有军令在先,所以冒犯了将军。本要斩首,因众将求情,打了二十大棍,送来验伤请罪!'"张保领令,背着岳云上了九龙山。

岳云押运粮草来到营前,看见父亲正和一员大将在那里交战

封建五刑制度

封建五刑制度即笞、杖、徒、流、死。笞,是用小荆条打。杖,是用竹板或棍子击打,部位是背、臀和腿,分六十、七十、八十和九十等。徒,是强制犯人劳役。流,是将犯人流放到边远地区,不准回乡。死包括绞刑和斩首

张保送岳云来到九龙山下,让杨再兴验伤

杨家祠堂

杨家祠堂位于山西代县雁门关下的鹿蹄涧村,为缅怀北宋抗辽名将杨业而建。此祠始建于元代,是国内现存最完整的一座杨家祠堂。因杨业死后被追赠为"太尉",谥号"忠武"。他的后代以此题祠名为"杨忠武祠",俗称"杨家祠堂"。

张保背了岳云到了九龙山前,说明来意,守山喽啰上山报知杨再兴。杨再兴下山来验伤,张保解释道:"这是公子岳云,因解运粮草刚到,不知有这个军令,因而冒犯了英雄。元帅要将公子斩首以正军法。众将再三求情,才打了二十大棍,送来验伤请罪!"杨再兴道:"这才像个元帅。你回去,说我约他明日再来会战。"张保答应一声,背了岳云回营。

杨再兴回到寨中,暗暗佩服岳飞军纪严明。当晚,岳飞也在想着收服杨再兴的计策。他想:杨再兴是老令公杨业的后代,世代都是宋朝名将,立过多少汗马功劳,明天可以再用这话来打动他。可是,杨家枪是十分有名的,怎样才能破解呢?想了很久,忽然想出一招"杀手锏"来,决定明日试试。

第二天,岳飞来到阵前,杨再兴也领兵下山。岳飞劝道:"将军,你家世代忠良,我们还是同心协力共同抗金吧!"杨再兴叹了口气:"还是等你赢了我手中的枪再说吧。"于是两人举兵器交战,大战十数合,岳飞佯装战败，拨马逃走。杨再兴笑道："你今日为何本事不济？"说完随后赶来。岳飞见杨再兴离得近了，猛然回转马来，左手持枪便刺，杨再兴忙举枪架住，不提防岳飞右手取出银锏在杨再兴背上轻轻一捺。杨再兴没提防他这一招，跌下马来。岳飞慌忙跳下马来，放下兵器，双手扶起杨再兴，叫道："将军请起，得罪了！可起来上马再战。"杨再兴既敬重岳飞的保国忠心，又佩服他的武艺，跪在地下道："元帅，小将情愿归降。"岳飞执住杨再兴的手道："将军如果不嫌弃，我们结为兄弟，共同抗金保国如何？"杨再兴欣然应允，两人跪在地上对拜了八拜，结为兄弟。杨再兴道："元帅请先回营，待我上山去收拾了人马粮草便来。"说完，转身回山去了，岳飞也率众回了营。杨再兴回山收拾了人马粮草，放火烧了山寨，来与岳飞及众将相见。岳飞吩咐摆酒，全营将士一起庆贺。席间，众人发誓，要同心协力，扫灭金兵，恢复中原。第二天，岳飞起兵回朝。

天波府

天波府是北宋抗辽的民族英雄杨业的府邸，位于北宋首都汴京（今开封市）城内西北隅。宋太宗器重杨业清正刚直，就在天波门外为他建造无佞府一座，并亲笔御书"天波杨府"匾额，下旨满朝官员从天波府门前通过时文官须落轿、武官须下马

岳飞打败了杨再兴，杨再兴跪在地上认输归顺

第三十七章
杨再兴误走小商河

洞庭湖

洞庭湖古称"云梦泽",为我国第二大淡水湖。洞庭湖横跨两湖,北连长江,南接湘、资、沅、鄱四水,号称"八百里洞庭湖"。

兀术自从吃了败仗回到黄龙府后,几年时间内又重新整顿了人马,号称有二百多万,再次气势汹汹地来犯中原,没多久便到了汴京朱仙镇。赵构看到紧急奏折,立刻召集百官,商量对策。秦桧明知岳飞在洞庭湖征剿杨幺的起义军,难于脱身,故意献策说,可调岳飞北上抗金。幸好钦差到时,洞庭湖战事已经结束,岳飞又收降了王佐、罗延庆、严成方、伍尚志、杨钦、花普芳等英雄。

岳飞接过圣旨,心中盘算着如何去救朱仙镇,正好杨再兴进营缴令。岳飞吩咐道:"金兵二百万又犯中原,到了朱仙镇。贤弟领兵五千,为第一队先锋去抵挡金兵。"杨再兴领令出营,带兵五千,飞速赶往朱仙镇。随后,岳飞又命岳云为第二队;何元庆为第三队;严成方

岳飞分派各路先锋迅速前往朱仙镇

为第四队；余化龙为第五队；罗延庆为第六队；伍尚志为第七队，分别率军三千，火速赶往朱仙镇。当天，岳飞还向韩世忠等元帅发出紧急文书，通知他们到朱仙镇聚齐。第二天，岳飞亲领三十万大军向朱仙镇进发，又派牛皋到各处催粮。

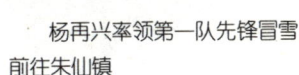

杨再兴率领第一队先锋冒雪前往朱仙镇

那时正值十一月的寒冬天气，汴京一带彤云密布，大雪飘扬，万里江山，如同粉壁。杨再兴率第一队人马冒着风雪前行，一连走了两日两夜，来到了离朱仙镇不远的地方。一路上，杨再兴碰见许多逃难的老百姓，扶老携幼，场景十分凄凉。老百姓听说岳家军来抗金了，纷纷松了一口气，有的开始放慢脚步，有的甚至准备先在原地休息，再做打算。杨再兴的人马继续往前行，刚翻过一个山头，便见漫山遍野的金兵迎面而来。杨再兴回转身，见自己的五千人马由于日夜兼程地赶路，早已疲惫不堪，心想：敌众我寡，如果打起来，恐怕难以抵挡，便传令三军，就地扎下营寨。而他自己则拍马摇枪，单枪匹马冲向敌阵去打探虚实。

兀术将自己的人马分为十二队，每队人马五万，实际上共有六十五万人马，所谓的二百万，不过是虚张声势而已。金兵虽多，大多被岳家军吓破了胆，只有金兵里的四员先锋是雪里花南、雪里花北、雪里花东、雪里花西，四人是同胞兄弟，据说有万夫不挡之勇。

杨再兴冲下山去，迎面撞上了第一队的先锋雪里花南。他拍马摇枪，直取雪里花南。雪里花南一路未遇敌手，十分狂傲，见一个宋将冲来，也举起铁门栓打来。刚一交手，雪里花南只觉两臂沉重，铁门栓脱手飞出。

朱仙镇

朱仙镇，位于河南省开封市南20千米处，和广东的佛山、江西的景德、湖北的汉口同为我国古代四大商埠重镇

杨再兴连挑金兵三位先锋，第四队先锋雪里花西赶上来迎战，也被他挑下马去

时辰：古时候将一昼夜分为十二个时辰，一个时辰相当于现在的两小时。

宋代战马

在军事方面，马分骑兵战马、辎重运输马和阅兵仪仗马。战马配备了马镫、重甲、马刀、弓弩等各种装备以后，便使得骑兵在冷兵器时代拥有了比其他各军种更强大的威力

杨再兴再用枪一挑，将雪里花南挑下马来。金兵见主帅已死，立即逃走。杨再兴哪里肯放，追上去一阵猛杀。逃得快的金兵急忙报告第二队先锋雪里花北，雪里花北见杨再兴是个劲敌，悄悄躲到树林背后，暗地里一叉，朝杨再兴刺过来。杨再兴急中生智，抖动缰绳，银鬃马往前一跃，雪里花北一叉刺在柳树上。杨再兴勒转马头，一枪刺将雪里花北当胸刺死。这时第三队先锋雪里花东已经赶到，他的刀尚未举起，已被杨再兴一枪挑中颈部，翻身落马！杨再兴左挑右刺，杀得那些金兵抱头鼠窜，没命地逃走。第四队先锋雪里花西闻报，飞马上来接战，撞着杨再兴，还不到一个回合，就被杨再兴挑于马下！不到一个时辰，杨再兴就把四员金国大将送到阎罗殿去了。金兵不知道来了多少像这样的宋朝勇将，全都慌作一团，自相践踏，死者不计其数。

杨再兴在后面紧紧追赶，见金兵向北逃走，心想：我往此抄近路去截住其归路，杀他个片甲不留。谁知刚走不远，便有一条河，名叫小商河，河水虽然不深，却满是淤泥衰草。大雪过后，河道全部被雪遮盖了，根本看不清楚。那些金兵都知道那是小商河，前边有座小商桥，所以皆往西北方逃。杨再兴不知底细，又追敌心切，只管催马往前。只听见"扑哧"一声，杨再兴连人带马跌进了小商河。那些金兵金将在桥上看得清清楚楚，万箭齐发，箭就像大雨一般朝杨再兴射过来。可怜杨再兴一员猛将，就此阵亡。兀术见杨再兴已死，传令回营。

岳云率第二队援兵赶到时，已是黄昏，听说杨再兴误走小商河，被金人乱箭射死，不禁失声痛哭。岳云先传令三军，扎下营寨，尔后又拍马摇锤，单枪匹马冲进金营。岳云舞动那两柄银锤，逢人便打，打得众番兵东躲西逃，自相践踏。没一会儿，宋军后续的五队人马陆续赶来，纷纷冲进金营拼杀，杀得金营血光四溅。不久，岳飞的大军到达，依河为界，放炮安营。六位宋将在金营里听见炮响，知道大军已到，一口气杀出金营。岳飞听说杨再兴战死，非常悲伤，忙备下祭礼，亲自到小商河祭奠。

宋代八字桥

绍兴八字桥是一座宋代梁式石桥，桥高5米，桥面用条石铺成，微微拱起。此桥是我国古代最早的立交桥，建于南宋宝祐四年（1256年），距今已有700多年历史，至今依然坚固耐用

杨再兴误入小商河，被金兵的乱箭射死

第三十八章
送钦差汤怀殉国

朱仙镇木版年画

朱仙镇木版年画起源于唐，兴于宋，鼎盛于明清，历史悠久，源远流长，是我国四大木版年画之一

兀术因这一仗损伤了不少人马，正在苦恼，忽然想起秦桧回国已久，音信全无，便修书一封，派人偷偷送往临安。秦桧在朝中大权独揽，赵构对他言听计从，最近又升为宰相，更加不可一世。一天，秦桧接了兀术的密信，信中说秦桧如果能除掉岳飞，将来取得宋室江山，便记他头功。正在这时，新科状元张九成求见。张九成是个抗金派，秦桧一向不喜欢他。秦桧眉头一皱，忽然心生一计，决定借机将张九成踢出朝廷。秦桧将张九成迎进来，对他假意奉承，还答应保他到岳飞营中抗金。张九成不知是计，过几天，便满心欢喜地去朱仙镇找岳飞了。

岳飞为了和金兵决战，正在调兵遣将，听说皇上派了新科状元张九成来做参谋，在营外候令，便出营相接。岳飞见张九成一副文人打扮，十分奇怪，问道："您是状元，为何不随朝保驾，却来这儿做参谋呢？"张九成答道："因我家境贫寒，没有礼物可以孝敬秦丞相，所以秦丞相保举了这个官职。"岳飞愤愤地对众元帅说："岂有此理！秦丞相也是十载寒窗，由科举而居相位的人，怎么这样重贿轻才！"他见张九成胸怀韬略，见识远大，倒也十分器重。大家正在闲谈，

新科状元张九成奉旨来给岳飞当参谋，岳飞正问他为何不随朝保驾

忽报圣旨又到。高宗命令张九成到五国城去问候徽、钦二帝，即日起身。

钦差走后，大家愤愤不平，都说："这哪里是圣旨，分明是秦桧的奸计。他专权擅政，排除异己。张状元一个书生，叫他冲过千军万马去，岂不是白白送死！朝内有这样的奸臣，真令人胆寒！"岳飞沉吟半晌，见张九成手握符节，神色镇定，心中不禁暗暗欣赏，便问他准备何时动身。张九成道："晚生既有王命在身，怎敢耽搁？只是要写一封书信通知家中老母。"岳飞忙叫左右取过文房四宝，将案几抬到张九成面前。张九成含泪修书，用香囊封好，递给岳飞。岳飞唤过一名家将，将张九成的书信星夜送往张家。张九成去五国城要经过金营，岳飞问道："哪一位将军敢送钦差穿过金营？"帐下有人领令。岳飞一看，却是汤怀。岳飞见汤怀已过壮年，武艺也并非超群，有些不放心，可他主动请命，也不忍阻拦，便嘱咐道："送钦差过了敌营，你速速返回，千万多保重！"众人都知道他俩此去凶多吉少，便一齐出营一直送到小商桥。张九成转身对各位说："请各位大人回营。"汤怀也对岳飞说道："大哥，小弟去了！"岳飞心中有不祥之感，正要回话，但喉中语塞，只得望着张九成和汤怀骑马远去，才与众人一起默默回营。

汤怀保着张九成来到金营外，金兵进帐报告兀术。兀术心想：中原竟有这样的忠臣，真是可敬！传令先让

张九成奉命出使金国，汤怀送他来到金营门前

符节

符节是古代使臣出使他国时所带的一种象征权力的凭证，一般多用竹杖等制成，上面带有华丽的装饰物

汤怀送走张九成后被金兵围住,无法突出重围,打算自杀殉国

枪

枪是一种在长柄上装有锐利尖头的兵器,枪的别名叫"肩二"。不同用途的枪长度不同。用于车战和守战的枪一般较长,用于步战和进攻的枪一般偏短。枪在宋代十分盛行

出一条路来,再派一员将领,带领五十名金兵,送他到五国城去。汤怀送张九成出了金营,金兵保着张九成继续往前走。汤怀刚出金营,兀术便传令,一定要在汤怀返回时将他活捉。汤怀送走张九成,回马来到金营,众金兵重重将他围住,齐声劝他投降。汤怀大喝一声,举枪与金兵大战。汤怀的武艺本来平常,金兵金将越围越多,刀枪剑戟一齐杀拢来,汤怀这边一刀,那边一枪,杀得人困马乏,渐渐难得招架,心想:我单人独骑,肯定杀不出重围,如果被金兵拿住了,那时求生不能,求死不得,反受他侮辱,倒不如自尽了罢!主意打定,汤怀便用手中的枪挑开许多兵器,大喝道:"住手!"众金将以为他要投降,一齐收手。汤怀向着宋军大营的方向大叫道:"元帅大哥,小弟今生再也不能见到你了!各位兄弟们,今日俺汤怀与你们长别了!"说完,他掉转枪尖,向咽喉刺去。

兀术听说汤怀自尽,吩咐将他的首级挂在营门口。岳飞得到消息,放声大哭。宋营立即备办祭礼,岳飞与众将向金营遥祭,发誓要扫尽金兵,直捣黄龙,为汤怀和二帝报仇。

第三十九章
陆文龙双枪无敌

汤怀自刎尽忠的那天,正好有名叫陆文龙的金将来金营见兀术。这个陆文龙即宋朝名将陆登之子。兀术初次进攻中原的时候,潞安州守将陆登坚守城池,抵抗到最后,夫妻双双自杀殉国,其子陆文龙当时还在襁褓之中。兀术敬重陆登是个忠臣,将他的儿子收为义子,送到金国抚养。不知不觉,陆文龙已经十六岁了。陆文龙在金国学得一身好武艺,并且完全不知道自己的身世。他听说兀术在中原受阻,就带了奶娘,轻车快马,从黄龙府赶到朱仙镇来助战。

陆文龙进帐见过兀术,兀术问道:"王儿为何来迟了?"陆文龙笑道:"臣儿见中原景致迷人,流连忘返,所以来迟了。父王领大兵进中原,时日已久,为何不直接发兵到临安,反而在这儿扎营?"兀术连声叹息,告诉他:"前日杨再兴战死在小商河,岳云、严成方、何元庆等来踹营,伤了我四员大将和无数人马。对面有十二座营寨,这岳南蛮又用兵如神,使为父不肯轻易前进。"陆文龙年轻气盛,见兀术长他人志气,灭自己

中国古代马车
马车在中国有3000多年的历史,在古代,马车除了作为战争工具之外,还是为王公贵族出门乘坐的交通工具

陆文龙和他的奶娘一起来到了中原

鎏金

鎏金，也叫"火镀金"或"汞镀金"，是把黄金与水银按一定比例在高温下熔化，冷却后形成"金泥"，再把金泥涂抹在器物表面，用无烟炭火烘烤，使水银蒸发，黄金便固定在器物的表面了。

麾下：指将帅的部下。麾，古代指军队的旗子。

呼天保大怒，拍马抡刀，直取陆文龙

威风，十分不服，说道："天色尚早，待臣儿领兵前去，捉拿几个南蛮来与父王解闷！"兀术大喜，立即让他领兵前往。

陆文龙带领金兵过了小商桥，来至宋营前讨战。宋营内闪出两员大将来，一个是呼天庆，一个是呼天保。呼天保一马当先，见眼前的金将才十六七岁，外罩锁子黄金甲，肋下挂一张雕弓，使着两杆鎏金枪，威风凛凛，不禁暗暗喝彩："好一员小将！"呼天保道："我是岳元帅麾下大将呼天保。你小小年纪，何苦来受死！快去叫一个有些年纪的人来，省得说我欺负小孩！"陆文龙哈哈大笑："我是大金国昌平王的殿下陆文龙。我听说你家岳蛮子有些本事，特来擒他，尔等小卒何足挂齿！"呼天保见他出言傲慢，不禁大怒，拍马抡刀，直取陆文龙。陆文龙左手举枪，勾开了大刀，右手出枪，朝呼天保前心刺来！呼天保躲避不及，正中心窝，跌下马来。呼天庆见了，大叫一声不好，拍马上前，举刀便砍，陆文龙双枪齐举，上前迎战。战不上十个回合，陆文龙又一枪，把呼天庆挑下马来；再一枪，结果了性命。

岳飞听说二将阵亡，忍不住落泪。岳云、张宪、严成方、何元庆一齐上前，要求去擒那金将。岳飞知道那金将厉害，便对他们说："你们四人出阵，每人与他战几个回合，轮番上阵，这种战法称为'车轮战法'。"

四位领令，出营上马，领兵来至阵前。岳云

岳云五人见轮番上阵还赢不了陆文龙,便一齐上阵

上前与他交战,陆文龙"唰"的一枪刺来,岳云举锤架住,两人大战三十多个回合。严成方上来替下岳云,两人也战了三十多个回合。接着,何元庆又上来接战三十余个回合。何元庆下阵后,张宪又拍马摇枪,高叫:"陆文龙,来试试我张宪的枪法!""唰唰唰"一连几枪朝陆文龙刺来。陆文龙也不示弱,举起双枪左刺右挑。两人战了几十个回合,不分胜负。兀术见宋将实行"车轮战",急令鸣金收兵。陆文龙这才在得胜鼓中领兵回营。

第二天,陆文龙又来讨战。岳飞先命岳云、张宪等四人出马,又命余化龙一同去压阵。岳云上前,抡锤就打,陆文龙举枪相迎。两人锤来枪去,枪去锤来,战了三十来个回合,严成方又来接战。兀术恐怕陆文龙有闪失,亲自带领众元帅、平章出营观战。兀术看见陆文龙与那五员宋将轮流交战,依然阵脚不乱,频频喝彩。直至天色将晚,宋营五将见战不下陆文龙,吆喝一声,一齐上前,兀术也率领其他金将一齐出马。这场混战一直打到天黑,两边才各自鸣金收军。岳飞见陆文龙无人能敌,心中闷闷不乐,吩咐挂出"免战牌"。

古代攻战规则

古代军队作战时,首先两军来到战场,各自摆好军阵;然后将军击鼓,命令士兵前进攻击;如果攻击失利,就敲锣发出信号撤回军队。因此有"一鼓作气"和"鸣金收兵"的成语流传了下来

第四十章
王佐断臂假降金

《春秋》

《春秋》是记载了从鲁隐公元年（前722年）到鲁哀公十四年（前481年）的历史。它是中国现存最早的一部编年体史书

这晚，岳飞独自坐在后营，双眉紧锁，心中愁闷。这时候，在宋军的另一营帐里，还有一位将军也在思前想后睡不着。他就是原洞庭湖义军而现已归宋抗金的王佐。那晚，王佐在营中自饮自酌，心想：我自归顺以来，还没有立过尺寸之功，应该想出一个计策来，上可报君恩，下可分元帅之忧。王佐想了又想，猛然想起，《春秋》《列国》中有个"要离断臂刺庆忌"的故事。我何不也断了手臂，混进金营去，乘机刺死兀术陆文龙父子，也算大功劳一件。主意已定，王佐又连喝了十来碗酒，叫军士收了酒席，卸了盔甲，借着酒劲，从腰间拔出剑来，"嚯"的一声，将自己的右臂砍了下来。王佐咬着牙关，取了些药敷上。军士看见了，大吃一惊。王佐嘱咐他们不要声张，又扯下一副旧战袍，将断臂包好，藏在袖中，独自一人悄悄来到岳飞后营。

这时已是三更时分，岳飞因为心绪不宁，还未安寝，听说王佐有机密军情要报，连忙出帐来请。见王佐面色蜡黄，鲜血满身，岳飞大吃一惊，忙问原因。王佐将断臂诈降、谋刺兀

王佐坐在帐中，一边喝酒一边想着计策

术父子的打算和盘托出,请岳飞允许。岳飞流泪扶起王佐,命他立即回营医治,不许他冒险。可王佐心意已决,表示如果岳飞不答应,便自刎以明心迹。岳飞无奈,只得含泪应允。

王佐辞别岳飞,出了宋营,连夜赶往金营。到达金营时,已是天明。兀术听说有宋将愿降,不禁大喜,立即传令进见。王佐进帐跪下,兀术见他面色焦黄,衣襟染血,便问缘故。王佐道:"我本是湖广洞庭湖杨幺的手下东圣侯王佐,因为奸臣献了地图,被岳飞打败,以至国破家亡,只得归降了宋营。现今小殿下连战五将,英雄无敌,岳飞无计可施,只得挂了'免战牌'。昨晚聚集众将议事,我进了一言:'如今中原残破,二帝蒙尘。康王信任奸臣,这都是天意。现今二百万金兵陈兵朱仙镇,如同泰山压卵,肯定难以取胜。不如派人讲和,或许可以保全。'不料岳飞不仅不听我好言相劝,反而说我有心卖国,下令砍下我手臂,派我到金国报信。说他明日就要来擒拿狼主,直捣黄龙,踏平金国。我若不来,就要再断一臂。因此特来投奔狼主。"说罢,王佐放声大哭,又将袖子里的断臂露出来给兀术看。兀术见他断臂处血肉模糊,大骂道:"这岳南蛮好无礼!一刀把人杀了岂不干净,砍了他的手臂,弄得死不死,活不活,太残忍了!"接着,兀术又对王佐说道:"你为了我断了右臂,受这么多痛苦,我就封你做'苦人儿'罢。军中各营听令,以后'苦人儿'可以随处走动,违令者斩!"王佐听了大喜,连忙谢恩。

王佐砍断自己的手臂来到金营向兀术投降

杨幺起义

杨幺(1108—1135年),本名太,今湖南汉寿人,雇工出身。因当时连年战乱,民不聊生,他不堪忍受压迫,于建炎四年(1130年)二月,在洞庭湖跟随钟相起义。因为他在义军的首领中年龄最小,所以人们都叫他杨幺。

陆文龙的奶娘对王佐讲了陆文龙的身世秘密

从此,王佐每天穿营入寨,无人过问。那些金兵想要看看他的断臂,也特意和他搭话。这天,王佐来到陆文龙的营前,金兵也不阻拦,让他进去了。王佐进了营,来到后帐,见帐内坐着一个老妇人,便赶紧上前见礼。王佐听出那老妇人是中原口音,便道:"老奶奶不像金国人呀!"那老妇人听了这话,触动了心事,不觉流下泪来,便说:"我们是同乡,我告诉你也无妨,只是万不可泄漏出去!我本是河间府人,是这殿下的奶娘。文龙原是潞安州陆登老爷的公子,三岁才离开中原,被狼主抢到金国,所以我在金国十三年了。"王佐听了,安慰了一番,立即告辞,准备改日再来。

过了几天,王佐再次来到陆文龙营前。陆文龙刚好回营,回头看见王佐,留他一叙。王佐领令,随着进了营。陆文龙道:"你们中原有什么故事,讲两个与我听听。"这正中王佐的心意,王佐道:"先讲个'越鸟归南'的故事吧!当年吴、越交战,越王将美女西施献给吴王,引诱吴王迷恋美色,荒废国政。这西施有只鹦鹉,原被西施教得诗词歌赋样样都行,可到了吴国以后,竟不肯再说一句话。后来越王兴兵伐吴,吴王身丧紫阳山。西施带着鹦鹉回到越国,这鹦鹉才肯开口。这便是'越鸟归南'的故事。那禽鸟尚念家乡,何况是人呢?"陆文龙听了觉得无趣,要求再讲一个。

四大美女之西施

西施与王昭君、貂蝉、杨玉环并称中国古代四大美女,其中西施历来被认为是第一美女,是美的化身和代名词

王佐见陆文龙没有领会,又讲了一个"骅骝向北"的故事。王佐说:"宋真宗时,有个奸臣叫王钦若,想害死一门忠义的杨家将,便哄骗真宗说:'中原的坐骑

都是平常劣马,唯有辽国天庆梁王的日月马,才是宝驹。主公何不下一道旨意,命杨元帅去借此宝马来骑骑。'皇上依言,传旨命杨元帅去要这匹马。那杨元帅,手下有一员勇将名叫孟良,能说多国语言,就扮作辽人千方百计把那匹马骗了回来。谁知那匹马送至京都后,日夜向北嘶鸣,不肯吃一点草料,饿了七天,竟饿死了。"陆文龙叹道:"好匹义马!"王佐说完,便起身告辞,陆文龙约他有空再来。

过了几天,王佐再来看陆文龙,说有个故事要单独讲给他听。陆文龙应允后,王佐取出一张图来呈上。讲道:"当年兀术兵抢潞安州,节度使陆登尽忠,夫人尽节。兀术见公子陆文龙幼小,命奶娘抱着带往金国,认作义子,到如今已十三年了。可恨这陆文龙认贼作父,不为父母报仇,太令人痛心了!"陆文龙听了,大吃一惊,但又半信半疑。这时奶娘哭哭啼啼地走出来,说道:"将军所言,句句是真!"陆文龙听了泪如雨下,拔出剑来,要立刻冲出去杀兀术。王佐拦住他,劝他再忍耐一下,等有了机会再杀不迟。

这几天,金营里又添一

古代名马

中国古代人们对马的分类很详细,不同种类和特征的马匹都有专门的名称。如骅骝、骐骥、绿耳、纤离、龙媒、紫燕、挟翼、飞黄、追风、奔霄、铜爵、骢珑、绝尘等都是中国古代名马的名称

王佐正在给陆文龙讲"骅骝向北"的故事

金代武士石刻

黑龙江阿城古时曾属金国上京会宁府,至今当地山岩上还有不少金代石刻。石刻上的金代武士披着铠甲,戴着头盔,给人以十分威武的印象

员猛将,叫曹宁,接连杀死了宋营中的徐庆、金彪二将;张宪和严方成先后和他交战,也只战了个平手。那曹宁勇不可挡,岳飞只得挂出"免战牌"。王佐听说后心急如焚,赶紧向陆文龙打听曹宁的身世。陆文龙告诉他,曹宁是曹荣之子,奉了兀术的命令来助战。他也是在金国长大的,不知道自己的身世。王佐便让陆文龙派人将曹宁请来,决定劝他归宋。

不一会儿,曹宁下马进帐,相互见了礼。王佐又讲了"越鸟归南""骓骝向北"故事。曹宁感叹道:"鸟兽还知思乡念主,难道人反不如鸟兽?"陆文龙问道:"将军可知道自己祖籍在哪儿?"曹宁摇头,陆文龙说:"我们都是宋人!"曹宁十分惊奇。王佐又告诉他:"我还知道令尊被山东刘豫引诱降了金,官封赵王。"曹宁听了大吃一惊,不肯相信,陆文龙便将王佐断臂来访,自己身世之冤一一说了,曹宁这才恍然大悟,深以其父卖国求荣之举为耻,垂泪道:"我投奔宋营,只怕岳元帅不肯相信啊。"王佐道:"不急,我修书一封,给你带去。到时你与文龙里应外合,立功赎罪。"曹宁藏好书信,辞别出营。

王佐修书一封,让曹宁带着去见岳飞

次日清早,曹宁来到岳飞帐前,说明归降之意,并递上王佐书信。岳飞看了书信,大喜道:"我弟断臂降金,立此奇功,真不枉他吃一番苦。"岳飞又勉励了曹宁一番,吩咐旗牌官给他换了宋朝衣甲,留营立功。兀术听说曹宁投宋去了,正在恼闷,恰好曹宁之父曹荣解押粮草回营。兀术传令要斩曹荣,曹荣得知缘故,愿意去

曹宁在阵前杀死了自己的父亲,岳飞见后十分震惊

宋营,带儿子回来请罪。兀术应允。

曹荣上马提刀,来到宋营,叫曹宁来见他。曹宁领令出阵。行前,岳飞嘱他见机行事,劝曹荣归降。父子阵前相见。曹荣见儿子改换衣装,大怒不已,曹宁劝道:"爹爹,我已是宋将了。爹爹何不改邪归正,同保宋室,这才是祖宗子孙之福啊。你身为宋朝节度使,为何不学陆登、张叔夜、李若水、岳飞、韩世忠,反而献了黄河,投顺金邦呢?"曹荣闻言,不禁恼羞成怒:"畜生,敢出言冒犯尔父!"拍刀舞马,直取曹宁,望顶门上一刀砍来。曹宁手摆长枪去挡,却失手将父亲一枪挑死,只好命人抬了父亲的尸体回来缴令。

岳飞见了曹荣的尸首,大吃一惊道:"你父亲既不肯归宋,你可以自己回来,岂能亲手杀死你父亲?"曹宁恨自己做了大逆不孝之事,已怀死志,便大叫一声:"曹宁不忠不孝,还有何颜见人!"遂拔出腰间的佩刀,自刎而死!

宋代的"八德"

宋代的"八德"指:孝、悌、忠、信、礼、义、廉、耻,其中"孝"是指儿女对父母要孝顺,"悌"是指兄弟姐妹之间要关爱和睦。宋朝人将"孝悌"放在"忠信"的前面,反映了宋朝人对"家"与"国"辩证关系的认识

第四十一章
岳飞大破连环马

董先大喝一声,冲上去和完木陀赤打起来

连环:一个套一个的串环,常用来比喻互相关联的事物,如"连环计""连环画""连环锁"等。

月牙铲
月牙铲是古代兵器的一种,铲头像弯月,月牙朝上,下面装有长柄。古代僧侣多用铲作武器

这天,兀术正在和手下商量着对付岳飞的办法,士兵进来报告说:"完木陀赤元帅、完木陀泽元帅带领'连环甲马'在营外候令。"兀术大喜,忙传令请进帐来。兀术道:"这'连环甲马'练了数年,今日终于成功!明天就麻烦二位元帅出马,擒拿岳飞!"二人领令出帐,到后营休息。

第二天,完木陀赤、完木陀泽二人先将"连环甲马"埋伏在营中,这才领兵来到宋营前讨战。岳飞命董先率领陶进、贾俊、王信、王义四将及五千人马出战。五将一齐来到阵前,完木陀赤扬言要擒拿岳飞。董先听了大怒,"当"的一铲打去,完木陀赤舞动铁杆枪,架开月牙铲,掉转枪头朝董先刺去。董先侧身躲开,挥铲再砍。两人战不得五六个回合,完木陀泽看见完木陀赤战不过董先,拿起手中的浑铁锏,飞马来助战。陶进等四人看见了,举起大刀一齐上前。七个人跑开战马,犹如走马灯一般,团团厮杀!这两员金将怎敌得过五位宋将,只得掉转马头往回撤。完木陀赤边走边叫道:"宋将不要追赶了,我有宝贝在这儿!"

董先叫道:"随你什么宝贝,老爷们也不怕!"说完,拍马赶来。完木陀赤、完木陀泽引着董先等人来到营前。只听见一声号炮响,两员金将往左右分开,从金营里冲出三千人马来。那马身上都披着盔甲,马头上用铁钩铁环连锁着,每三十匹站成一排。马上的士兵都穿着生牛皮盔甲,脸上也戴着牛皮做成的面具,只露出两只眼睛来。几十排弓弩,几十排长枪,共一百排,一齐冲出来,把宋军一齐围住。这正是威力无比的"连环甲马"阵。三千金兵枪挑箭射,猛烈出击,不上一个时辰,五员大将及五千人马,几乎命丧于阵内。仅剩下几个宋兵侥幸带伤逃回宋营。

那些伤兵仓皇逃回营中,报告岳飞。岳飞闻报,大吃一惊,忙问:"董将军等怎么样死的?"逃回的宋军将"连环甲马"的事细细叙述了一遍。岳飞听了,大惊失色,痛哭道:"苦哉,苦哉!早知道金兵使的是'连环甲马',董将军等就不用枉死阵中了。早年呼延灼曾用过这种阵法,徐宁传下的'钩连枪'可以破解。可怜五位将军白白地送了性命,真叫人痛心!"岳飞让人准备好祭礼,亲自出营,带领众将遥望金营,哭奠了一番。

众人回到营中,岳飞教他们破解方法,命孟邦杰、张显各带兵三千,去练"钩连枪";张立、张用各带兵

古代甲马

甲马是指在身体周围铠甲装备的马匹,铠甲一般用金属或皮革制成

"连环甲马"把董先等人团团围了起来

防御良器——藤牌

藤牌是古代军队中常用的一种盾牌，用老粗藤制作而成，一般编制成圆盘状，中心凸出，直径大约3尺，重不超过9斤。这种藤牌圆滑坚韧，使用轻便，刀箭等兵器很难砍透射穿

首级：秦代法制规定，每砍下敌人一个人头，就加爵一级。后来人们就把斩下的敌人的头颅叫作首级。

岳飞命令孟邦杰、张显等人去操练破"连环甲马"的"钩连枪"和"藤牌"

三千，去练"藤牌"。

兀术见"连环甲马"大败岳飞，非常高兴，但他还嫌战事推进太慢，因此对军师说："此战旷日持久，如何是好？"军师献上一计："狼主可派一员将官暗渡夹江，直取临安。岳南蛮如果知道了，必然回兵去救。我们再派大兵断其后路，使他首尾不能相顾，就可将他捉住了。"兀术听了大喜，命鹘眼郎君领兵五千，悄悄地抄小路往临安进发。

鹘眼郎君带领人马刚离开朱仙镇，就遇见了押送粮草到朱仙镇的三千宋军。这押粮官都统制叫王俊，是秦桧门下的走狗，很会溜须拍马，深得秦桧的宠信。因此秦桧特派他带领三千人马来监督军粮。王俊一路耀武扬威地走来，不料在这里碰上了金兵。鹘眼郎君提刀出马，大喝道："何处军兵，快快把粮草送过来，饶你狗命！"王俊壮着胆道："我是大宋天子驾前都统制王俊！你是何人？"鹘眼郎君道："我是大金国四太子帐前元帅鹘眼郎君，特意到临安来擒你们那南蛮皇帝，今天先拿你来开刀。"说罢，他一刀砍来，王俊只得举刀相迎。两人战不上七八个回合，王俊就被打得落荒而逃，鹘眼郎君紧追不舍。

正在危急时刻，前面忽然出现了一支宋军，领队的将领正是牛皋。王俊赶紧求救道："将军，快救救小将！"牛皋见一个金将在追一个宋将，便纵马上前，拦住鹘眼郎君。两人战了二十个回合，鹘眼郎君手中的刀略微迟疑了一下，被牛皋一锏打中肩膀，翻身落马。牛皋取了他的<u>首级</u>，杀散了金

牛皋看见一队金兵追赶着一员宋将到处乱跑,就冲上前去营救

兵,这才转过身来问王俊的来历。王俊道:"小将王俊官居都统制,蒙秦丞相推荐我,要解粮到朱仙镇。偏偏遇着这金贼,杀不过他。幸得将军相救,必当重报!"牛皋心想,早知是这个狗头,就不救他了,嘴里却说:"俺是岳元帅麾下统制牛皋,奉令催运粮草。王将军既然解粮往朱仙镇去,我的粮草烦你一并带去,见了元帅,就说牛皋去别处催粮了,催齐了就来。"王俊答应。牛皋将鹘眼郎君的首级也交给他,并一再嘱咐他护好粮草,拱了拱手,带领人马离开。

王俊别了牛皋,把粮草押到朱仙镇,见过岳飞,呈上鹘眼郎君的首级,说道:"卑职在路上,遇见牛皋被一名金将追赶。那金将声称要暗渡夹江,去抢临安。恰好牛皋战败,卑职上前救了牛皋,带了粮草及那金将的首级来报功。"岳飞明知他在说谎,也不挑明,先记了他一功,命令下营发放粮草。

兀术见鹘眼郎君的首级高挂在宋营前,知道计划又落空了,只得叫完木陀赤兄弟随时准备"连环甲马"迎战。

第二天,孟邦杰、张显、张立、张用已将"钩连枪"

孟邦杰、张显率领大家用"钩连枪"朝"连环甲马"的腿上钩去

和"藤牌"练熟了,回营缴令。岳飞便命他们去破兀术的"连环甲马",又命岳云、严成方、张宪、何元庆,带了五千人马,在后面接应。

孟邦杰、张显等四将到金营前讨战,完木陀赤兄弟上阵迎战。互相通报了姓名之后,完木陀泽和张立两人拍马抢枪,战了几个回合,完木陀赤诈败进营。张显等四将领兵追来,突然一声炮响,三千"连环甲马"团团围裹上来。张立吩咐三军用"藤牌"将四周团团遮住:弓矢不能射,枪弩不能进,宋军毫发无伤。完木陀赤兄弟见了十分惊慌,孟邦杰、张显带领人马从后面袭来,用"钩连枪"去钩马腿,一连钩倒数骑"连环甲马",剩下的都自相践踏起来。金兵正乱成一团,又听得一声炮响,岳云、张宪从左边杀入;何元庆、严成方从右边杀入。通过这一仗,"连环甲马"都被挑死了。宋军大获全胜。

兀术本来盼望着完木陀赤兄弟的"连环甲马"能成功,不料被岳飞的"藤牌""钩连枪"打败了,急得痛哭失声。军师安慰道:"狼主不要悲伤,还有'铁浮陀'可以消灭南蛮。"兀术心想,也只能靠这宝贝了。

再说牛皋回营缴令,问岳飞:"末将前次救了王俊,王俊将金将鹘眼郎君的首级及粮草带回了营中,是否收到?"岳飞道:"收是收了,可王俊说是他救了你。"牛皋听了十分生气,质问王俊为何冒领其功。谁知,王俊竟厚颜无耻地说道:"人可不能没有良心,小将救了你的性命,你怎么反来夺我的功劳?"牛皋大怒,正欲与

《重装甲马作战图》

甲马很早就在我国北方战争中被运用。此图表现了南北朝时北方战争中运用甲马作战的场面,再现了重装甲马和步兵作战的情景

王俊争辩，忽闻营外传来一阵喧哗吵嚷之声。

岳飞出营一看，原来营门前有数百名士兵要求退伍。岳飞大吃一惊，觉得其中必有隐情，便叫进来问话。为首的进来跪下，岳飞问道："现在大敌当前，全仗你们替国家出力，怎么反说要退伍？"兵士道："近日来所发的粮米，一斗只有七八升，我们连饭都吃不饱，还打什么仗？"岳飞责问监管钱粮发放的王俊。王俊狡辩道："钱粮虽是卑职管，却都是吏员钱自明经手发放，卑职不知情。"岳飞喝道："传钱自明来！"不一会儿，钱自明进帐，岳飞喝问克减军粮之事。钱自明招供说是王俊的主意。岳飞大怒，一声令下，将钱自明推出斩了，回头又责令王俊把军粮赔补上来，再重新发放。众军兵听了，叩头谢恩而去。王俊只得将克减下的粮草照数赔补了。事毕后，岳飞道："王俊！你冒功邀赏，克减军粮，本应斩首！只因你是奉旨而来，饶你死罪，捆打四十，发回临安，听凭秦丞相处治。"遂吩咐左右将王俊拖下去，打了四十大棍，连夜押解到临安。

重装甲马画像砖

披上重甲的战马虽然可以得到全面的保护，但是因为负荷太重，因此战马的灵活性丧失了很多，骑兵的冲杀力受到较大影响

士兵们进营陈述要求退伍的原因

第四十二章
宋军夜避"铁浮陀"

兀术被岳飞破了"连环甲马",整天闷闷不乐,忽然听见金兵来报:"从黄龙府运来的'铁浮陀'在外候令。""铁浮陀"是一种威力很大的火炮。兀术听了大喜,传令下去:"先推到一边,黄昏时再推到宋营前。"兀术一面派人准备火药,一面暗中清点人马,准备天黑后放炮。陆文龙在一旁听见,急忙回营跟王佐商量,王佐大吃一惊:"必须要赶快送信回去,叫宋军做好准备。"陆文龙道:"那等会儿,我射封箭书去通知岳元帅,明早即同将军一起归宋,如何?"王佐大喜。

看看天色将晚,陆文龙悄悄走近宋营,高叫一声:"宋军听着,我这儿有封机密箭书,赶快交给元帅!"说完,"飕"的一箭射去,随即转马回营。宋营的军士取下箭书,交给岳飞。岳飞拆开一看,吃了一惊,急忙吩咐岳云、张宪领着兵马去埋伏;又急令诸将分头通知各位元帅,将营帐旗帜全部留在原地,所有人马一齐退往凤凰山中躲避起来。

到了二更时分,兀术传下号令,将"铁浮陀"一齐推到宋营前,放出轰天大炮,向宋营中打来。霎时间,只见宋营里

浮陀

浮陀也写作"浮屠",是古代梵文(古印度语)"佛"的音译,常用来代指和尚,有时也指佛塔。文中的"铁浮陀",是一种铁制大炮,因为炮身前后分成粗细不同的几节,样子像佛塔,所以叫"铁浮陀"。图为古代铜浮屠。

兀术看到有十几门"铁浮陀"大炮摆在营前,心里很高兴

晚上，金兵用"铁浮陀"炮轰宋营，宋营一下子着了火

烟火腾空，炮弹所到之处，片瓦无存。当时众位元帅在凤凰山上看见这般光景，互相举手庆贺道："若不是陆文龙一封箭书，宋营的人马岂不要被打成齑粉？也亏了王佐愿失一条臂膀，救了六七十万人马的性命！"

金兵见宋营已成一片齑粉，以为宋军早已全军覆没，便把"铁浮陀"留在原地，然后欢欢喜喜回营向兀术表功去了。埋伏在半路的岳云、张宪见金兵全部回了营，便趁着黑暗，领人把火炮的火门都钉死，又令军士一齐动手，将"铁浮陀"全部推入小商河内，转马回凤凰山缴令。岳飞仍命三军回到原处，重新扎好营盘。

当晚，陆文龙同奶娘悄悄地随王佐出营，去投奔宋营。大家都来感谢王佐、陆文龙活命之恩。陆文龙对岳飞道："小侄不孝，错认仇人为父！若不是王恩公说明，怎么认祖归宗！"岳飞对他勉励了一番，一面吩咐送陆文龙到后帐居住，拨二十名家将服侍，一面派人送奶娘回到陆文龙的家乡居住。

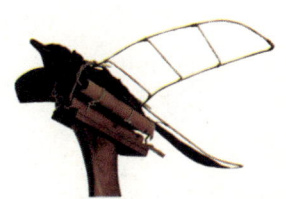

古代特殊火器——神火飞鸦

神火飞鸦是一种运用风筝的形式，结合火箭推动的原理而发明的燃烧弹，可以飞行300米远，多在火战时运用

第四十三章
大破金龙绞尾阵

兀术将"金龙绞尾阵"的图交给军师,命他按图布阵,先行操练起来

兀术在营前见"铁浮陀"大炮打得宋营一片漆黑,大喜过望,回到帐中大摆酒席庆祝。兀术正喝得高兴,金兵进帐来报:"'苦人儿'同殿下带了奶娘投宋去了。"兀术闻报,勃然变色,大叫道:"真是养虎伤身!"兀术正在恼恨,又有金兵来报:"宋营内旗幡依然鲜明。"兀术不信,到营前一看,宋营果然旗帜鲜明,枪刀密布。兀术传令重整"铁浮陀",今晚再打宋营。金兵遍寻"铁浮陀",才发现已被全部推进小商河内了。兀术气得暴跳如雷,道:"那岳南蛮着实厉害,能使王佐舍身断臂,来施苦肉计!王佐先是害得曹宁父子身亡,如今又说动陆文龙归宋。现在'铁浮陀'全部被他毁了,实在可恨!"这时,军师又献上新研究的"金龙绞尾阵"即"金龙阵",这个阵威力惊人。兀术大喜,调拨了全部兵将,由哈迷蚩率领,金兵按图摆阵,先行操练起来。

兀术又派人将一封箭书射进宋营,叫岳飞停战一个月,约期破阵。岳飞收到箭书,一面通知全营将士加强防守,一面思考着如何去打探有关金兵新战阵的消息。过了十余天,岳飞趁着天黑,悄悄带了张保出营,来到凤凰山边的茂林深处,攀上一株大树树顶偷看金营。岳飞见金营里灯火通明,中央将台上旗帜挥动,十来万人马摆成两条"长蛇",头并头,尾搭尾,首尾照应。整个金营，人喧马嘶，杀气腾腾，果然厉害。

一个月的时间很快便过去了，金营里哈迷蚩的阵已经摆完，兀术大喜，派人到宋营来下战书。岳飞约定来日决战，然后立刻请各位元帅到大营中商量破阵策略。大家商量来商量去，最后决定，岳飞同张信带领人马，从左边杀入；韩世忠和刘琦领兵从右边冲入；岳云、严成方、何元庆、余化龙、罗延庆、伍尚志、陆文龙、郑怀、张奎、张宪、张立、张用等，从中间进入，一举破阵。

古代阵法——长蛇阵

古时候用于行军或追击时的一种队形，士兵前后排成一个纵队，远远看去就像一条长蛇，所以叫"长蛇阵"，也叫"一字长蛇阵"。

第二天黎明，只听见宋营里三声轰天火炮响，四位元帅及十二员猛将率领众军一齐冲进"金龙阵"。兀术在将台上看得一清二楚，急令放炮，左右营阵脚走动，缓缓向中间围裹过来。岳飞已从左边杀入，举起沥泉枪一阵乱挑。马前张保抡动镔铁棒，马后王横舞着熟铜棍，一边护着岳飞，一边指挥将士向前冲杀。后边牛皋、吉青、施全、张显、王贵等英雄，跟着杀入阵来。右边韩世忠手舞长枪，领着韩尚德和韩彦直等众将一齐杀进来。金营将台上又是一声号炮，"金龙阵"阵形大变，从四面八方一层层包裹过来。原来那"金龙阵"，原是两条"长蛇阵"化出来的，头尾各有照应，犹如两把剪刀的四股一样，一层一层围拢来。宋将杀了一层又一层，都是金兵金将，杀不散，打不开。

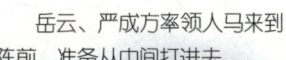

岳云、严成方率领人马来到阵前，准备从中间打进去

青龙偃月刀

青龙偃月刀，又名"冷艳锯"。刀长95寸，重82斤，刀身上镶刻有青龙吞月的图案。传说三国名将关羽用的就是这种兵器，威猛无比

四位元帅同众将正在阵中杀得天昏地暗，阵外忽然来了三个少年。他们一个是善使银锤的金门镇的先行官狄雷；一个是岳飞手下统制官孟邦杰的小舅子，善使錾金枪的樊成；一个是岳云的拜把兄弟，手执青龙偃月刀的关铃。他们听说兀术摆下大阵和岳飞在朱仙镇决战，几个人都觉得正是立功的好时候，便分别赶过来帮忙。三员小将在阵外相遇，从正中间杀将进去，锤打枪挑刀砍，金兵纷纷溃退，全阵立即骚动起来。

兀术正在将台上看军师指挥布阵，见阵形忽然错乱，急呼号令，依然镇不住局面。正在奇怪，这时金兵来报，说阵中来了三个小南蛮，勇不可挡。兀术急忙提斧下台，跨马迎上来，正好遇见关铃三人。兀术见关铃年纪虽小，相貌堂堂，十分喜爱，劝降了一番，被关铃一口啐了回去。兀术大怒，抡动金雀斧，当头砍来。关铃举起青龙偃月刀，拨开斧，迎面砍来。两人战了十余个回合，不分胜负。这可恼了狄雷、樊成，两人一齐上前助战。兀术杀得两肩酸麻，浑身流汗，敌

关铃、樊成、狄雷前来助阵，从正中间杀进阵去

不过这三个初生牛犊，遂转马败走，又怕他们冲散阵势，便绕阵而走。因为兀术在前，众兵不好阻挡，那三人在后追赶，也勇不可当，反把那"金龙阵"冲得七零八落。

四位元帅见金兵阵脚已乱，指挥众将四处追杀。岳云、严方成、何元庆、狄雷四将冲杀到中央将台旁，他们使的都是锤，岳飞银锤摆动，严成方金锤使开，何元庆铁锤飞舞，狄雷双锤并举，锤起锤落，一会儿便将中央将台踏为平地。一场恶战，宋军将金兵的"金龙阵"打得七零八落，金兵大败。兀术带领残兵一口气逃奔了二十余里。兀术料想追兵渐渐远了，不料前队败兵忽然发起喊声，向后溃退。原来是刘琦的人马早已抄小路到达这儿，将树木砍断，堆在路中间，阻住了去路。只听见一声梆子响，两边埋伏的弓弩手搭弓拈箭，箭如飞蝗一般射过来。兀术急忙传令转往左边小路上逃走，又走了一二十里，前军发出惊喊。兀术忙查问原因，金兵来报："前面是金牛岭，山高崖陡，大军难以逾越。"

兀术上前一看，果然危险，正待另寻出路，又听见后边喊声震耳，追兵渐渐近了，只好下令："拼死上山，违令者斩！"兀术身先士卒，提足上了山崖。金兵们只得硬着头皮，追随过岭。由于人多路狭，山势险峻，一路上，失足落马的金兵不计其数。刚上了五千人马，追兵就已经到了，一阵狠杀，没有爬上山的金兵无路逃生，有的做了刀下鬼，有的做了俘虏。

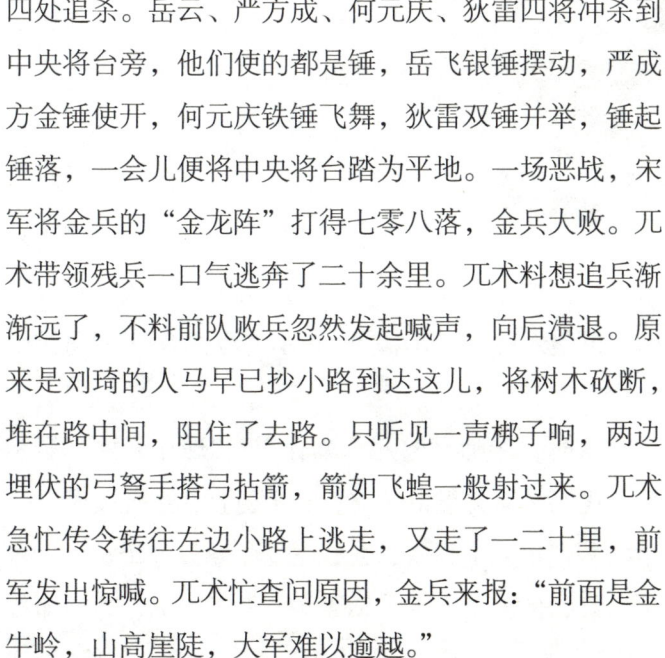

刘琦早在林中设下埋伏，士兵们看到兀术逃到这里就一齐放起箭来

蝗虫

蝗虫又叫蚂蚱，其后腿又长又强壮，因此弹跳能力很强，是昆虫中的跳高健将。它的背上有翅膀，跃起后能飞很远。蝗虫常成群迁徙，一时间，密密麻麻，布满天空。

第四十四章
十二金牌召岳飞

兀术拔出佩剑就要自杀，军师哈迷蚩急忙阻拦

兀术站在岭上见自己的兵马死的死、降的降，伤心不已，不由得对军师哈迷蚩说道："我自进中原以来，所到之处，望风瓦解。不想自从遇着这岳南蛮，六十万人马被他杀得只剩五六千人！我如今还有何面目回去见老狼主，倒不如自尽了罢！"说罢，他拔出腰间的佩剑，就要自刎。哈迷蚩见状，将他双手紧紧抱住，劝道："狼主，胜败乃兵家常事，不如暂且回国，再整人马，杀进中原，也不为晚。"兀术只得拭干眼泪，收起宝剑。

这时，军师又向兀术献计道："现在秦桧高居相位，我们又何必畏惧岳飞！狼主暂且在这儿安营。让臣换装悄悄混进临安，去找秦桧。要他找个机会，害了岳飞，何愁得不了宋朝天下？"兀术大喜，当即取过笔砚，写了封信，外用黄蜡包裹，做成一个蜡丸，递与哈迷蚩，叮嘱他进入中原后，一定要小心。哈迷蚩遂将蜡丸藏好，辞别了兀术，扮成客商的模样，悄悄地往临安而去。

却说秦桧素日善于逢迎，深得高宗宠信，在朝中有一手遮天的权力，得意之情自不必说。王氏见丈夫做了丞相，生活也更加奢侈，叫工匠造了艘游艇，常和秦桧在西湖上游玩。哈迷蚩换装潜入了临安后，听说秦桧同

中华名剑

剑，属短兵器，素有"百刃之君"之美称，在我国古代一度非常流行。运剑的特点是刚柔相济、挥洒自如。古代传说的名剑很多，著名的有干将、莫邪、龙泉、太阿、纯钧、湛卢、鱼肠、巨阙等。

夫人王氏正在西湖上游玩，就来到西湖边。秦桧的游船泊在西湖的苏堤边，夫妇二人正在船上对坐饮酒，赏玩景致。哈迷蚩见了，就走过去故意高声叫道："卖蜡丸，卖蜡丸！"

王氏无意中往岸上看了一眼，见是哈迷蚩，赶忙低声告诉秦桧。秦桧忙吩咐家人将那卖蜡丸的叫到船上来。家人领命，走到船头上，将那卖蜡丸的人领到船上。秦桧问道："你的蜡丸可医得了我的心病？"哈迷蚩道："我这蜡丸专治心病，但要早医，迟了恐怕无效。"说完将蜡丸递上。秦桧会意，赏了他十两银子，哈迷蚩谢赏而去。

秦桧回府，将蜡丸剖开来一看，里面藏的是兀术的亲笔书信，信中写着"秦桧负盟，以致我被岳飞杀得大败。现命你设法谋害岳飞，等我大金得了宋朝天下，情愿与你平分疆土"等语。秦桧看完，与王氏密谋，王氏道："相公官居宰辅，职掌群僚，这些小事有何难办？岳飞若灭了金国，功高无比，知道我们暗通金国，到时我们一家性命难保。为今之计，不如拖欠粮草，先召他

苏堤

苏堤俗称苏公堤，在西湖的西南面，南起花港观鱼，北接曲院风荷，是"西湖十景"之首。当年苏东坡在杭州做官时开浚西湖，取湖泥封草筑成，全长2000多米。堤上有映波、锁澜、望山、压堤、东浦、跨虹六桥，古朴美观

哈迷蚩装成卖蜡丸的来到船上，见到了秦桧

三公重臣

秦始皇统一六国后，为更好地统治国家，在中央设立丞相、御史大夫和太尉三种官职，担任这三种官职的人就是常说的"三公"。丞相，后来也称宰相，是专门辅佐皇帝治理天下的人；御史大夫是副丞相，负责管理百官；太尉负责军事。

岳飞和三位元帅在金牛岭接到了下令班师的圣旨

回朱仙镇养马，然后设计害他父子，岂不更好？"秦桧听了，连连点头。

再说岳飞自从在金牛岭打了胜仗，便在山下养兵息马，从各处调集粮草，准备趁兀术溃败之际，直捣黄龙府，迎还二帝。一天，四位元帅正在猜测粮草久候不至的原因，忽报有圣旨到。朝廷命岳飞班师，暂回朱仙镇养马，等秋天粮足了，再讨论发兵北伐的事。

钦差走后，元帅们面面相觑，韩世忠尤其激动："现在成功在即，而皇上不仅不发兵粮，反而召元帅回朱仙镇！这必定是奸臣诡计，元帅千万不可轻易回兵。"岳飞道："自古君命难违。不可贪功，逆了旨意。"刘琦劝道："'将在外，君命有所不受'。元帅不如一面催粮，一面发兵，直抵黄龙府，迎回二圣，将功折罪，岂不更好？"岳飞叹道："众位元帅有所不知，我因枪挑小梁王，逃命归乡，正值年荒岁乱，盗贼四起，洞庭湖杨幺派了王佐来聘我，我母亲怕我一时失足，在我背上刺了'精忠报国'四个大字，故而我一生只图尽忠于皇上和朝廷，哪管他奸臣弄权！"岳飞遂传令拔寨起营，全军浩浩荡荡回到朱仙镇，依旧地扎下十三座营头，每天操兵练卒，只等秋收后再进兵北伐。

岳飞虽不听众人劝告，心里却明白是奸臣心怀不善，便命岳云与张宪先回家乡，又修书一封，推荐张宪到濠梁做总兵。岳飞正准备给王横安排去处，但王横誓死要留下来跟随岳飞，岳飞只得罢了。众人正在闲聊，圣旨又到。朝廷命岳飞在朱仙镇屯田

养马；众元帅各归本营，等粮足了再听候调遣。三日后，各路人马拔寨回营，岳飞的队伍在朱仙镇终日操兵练将，又令军士耕种稻麦，一心等待王命，出师北伐。

看看腊尽春残，又是夏秋时候。一天，岳飞正闲坐在帐中看《孙子兵法》，忽报圣旨到。因和议已成，朝廷召岳飞进京，加封官职。送走钦差，岳飞回到营中，对众将道："圣上命我进京，但奸臣在朝，此去吉凶未卜。我死不足惜，众兄弟要戮力同心，为国雪耻，迎二圣还朝，岳飞虽死无憾！"岳飞正要启程，一连接到十二道金牌催促动身。岳飞无奈，将帅印交给施全和牛皋，自己带着王横及四员家将即刻动身，前往临安。众统制到大营外跪送，岳飞好言抚慰了一番，上马起行。朱仙镇百姓一路携老挈幼，众口同声挽留岳飞，哭声震地。岳飞对乡亲们道："圣上连发十二道金牌召我，我怎敢违抗君命！我不久便回来，扫清金兵，让大家过了安定日子。"百姓们见留不住岳飞，只得让开一条道路，洒泪送别。

朝廷连下十二道金牌召岳飞进京，岳飞无奈，把帅印交给牛皋等人看管，自己即刻动身

钦差：皇帝派出的使者。

宋代金牌
　　宋代由于战争频繁，军事紧急文件很多，要求既快又安全，因此增加"急递铺"这一部门，专门设立了金牌、银牌、铜牌三种不同级别的快件。金牌一昼夜行500里，银牌400里，铜牌300里。每到一站更换人马继续传递

第四十五章
奸臣当道忠臣下狱

冯忠、冯孝奉旨来拿岳飞，岳飞跪地接旨

　　岳飞同王横带着四名家将，离了朱仙镇，向临安进发。走了几天，岳飞五人来到瓜州，渡过长江，来到京口，又走了两三天，来到平江。岳飞忽然看见对面来了一队人马，为首的是冯忠、冯孝，带领校尉二十名，双方正好撞个正着。原来，他们是奉了秦桧的密令，来假传圣旨，拘拿岳飞的。冯忠当即宣旨："岳飞官封显职，不思报国，反而按兵不动，克减军粮，纵兵抢夺，有负君恩。立即押解来京，候旨定夺。"王横听了气得环眼圆睁，双眉倒竖，喝道："俺随元帅征战多年，别的功劳不说，朱仙镇上二百万金兵就被我们杀得片甲不留，如此大功不仅不赏，怎么反要受罚？哪个敢动手的，先吃我一棍！"岳飞忙喝住王横，要自刎表明心迹，四个家将慌忙一齐上前抱住。王横见了失声痛哭，冯忠乘机提起腰刀来砍王横。王横正要反抗，又被岳飞喝住，结果被众校尉乱刀砍死。岳飞两泪交流，扑倒王横的尸体上，求冯忠给一口棺木盛殓。冯忠让地方官将王横埋葬了，一面暗暗将秦桧的文书传递给各地方官府，禁止往来船只盘诘，不许走漏风声；一面将岳飞押上囚车，解往临安，送往大理寺狱中监禁。

　　第二天，秦桧再传一道假圣旨，命令大理寺正卿周三畏处理此案。周三畏接了圣旨，立即提审岳飞，问道：

"岳飞，你官居显爵，不发兵北伐，以报国恩，反按兵不动，坐观成败，又克减军粮，你有何话可说？"岳飞道："按兵不动之说纯属诬陷。犯官打败金兵百余万，北伐即将成功，不料忽然接到圣旨，将犯官召回朱仙镇养马。这事有韩世忠、张信、刘琦等元帅可以作证。"周三畏又问："你手下的军官王俊说你克减了他的军粮。你作何解释？"岳飞道："朱仙镇上共有三十余万人马，为何独独克减了王俊的军粮，望大人详查！"周三畏听了，内心开始不安，心想：这桩事明明是秦桧这奸贼设计陷害他，难道我要与他同流合污？于是停止了审问，将岳飞仍送回狱中监禁。

　　周三畏回到家中，仰天叹息："得宠思辱，居安思危。岳飞功勋卓越，反而受到奸臣的陷害。我不过是一个大理寺正卿，根本斗不过秦桧这个权臣奸相。可我若冤枉岳飞，不仅良心不安，也会遭千载唾骂。罢了，罢了，不如弃了官职，隐迹埋名吧。"拿定了主意，周三畏暗暗收拾行囊细软，到了五更，带了家眷及几个心

鎏金宝石莲花银棺

古人为了对死去的人表示尊重，常常用制作精美的棺材来入殓死者。这座出土的银棺文物棺身全部用银做成，四周贴有精美的装饰图案，盖顶装饰有鎏金宝石莲花，花蕊用白玉做成，蕊心是颗名贵的玛瑙珠

秦桧听说周三畏挂冠逃走，气急败坏，连忙命人去捉拿

大理寺

大理寺是我国古代最高司法机构,掌管审理全国流刑以上的案件,始设于北齐,宋代沿用。大理寺设卿一人,左、右少卿各一人,下设左右寺丞、左右寺正等。

腹家人,逃出临安。第二天一早,秦桧听说周三畏挂冠逃走了,气急败坏,立即派人缉拿,随后又派人去请万俟卨、罗汝楫。

那万俟卨本是杭州府一个通判,罗汝楫是个同知。这两人都是秦桧的走狗。两人听说是秦桧有请,连忙坐轿来到秦桧的相府。秦桧将周三畏挂冠逃走的事说了一遍,悄悄吩咐他们:"老夫保举二位代理此职,继续审问此案,必须严刑酷拷,让他招供。如果你们结果了他的性命,另有升赏。"二人谢恩拜别。第二天,秦桧将万俟卨升做大理寺正卿、罗汝楫升做大理寺丞,二人即刻上任。

过了一天,万俟卨、罗汝楫二人在狱中审问岳飞。岳飞见堂上坐着他俩,大吃一惊,心想:这两个小人向来仗势欺人,心怀不轨,今天肯定要被他俩陷害。万俟卨喝道:"岳飞,你快快将按兵不举、私通外国的事老实招来!"岳飞大怒:"通敌卖国的大事,怎么能随便诬告于我?"万俟卨见岳飞不肯承认,叫道:"左右先给

万俟卨命人把岳飞打得死去活来,但岳飞就是不肯招供

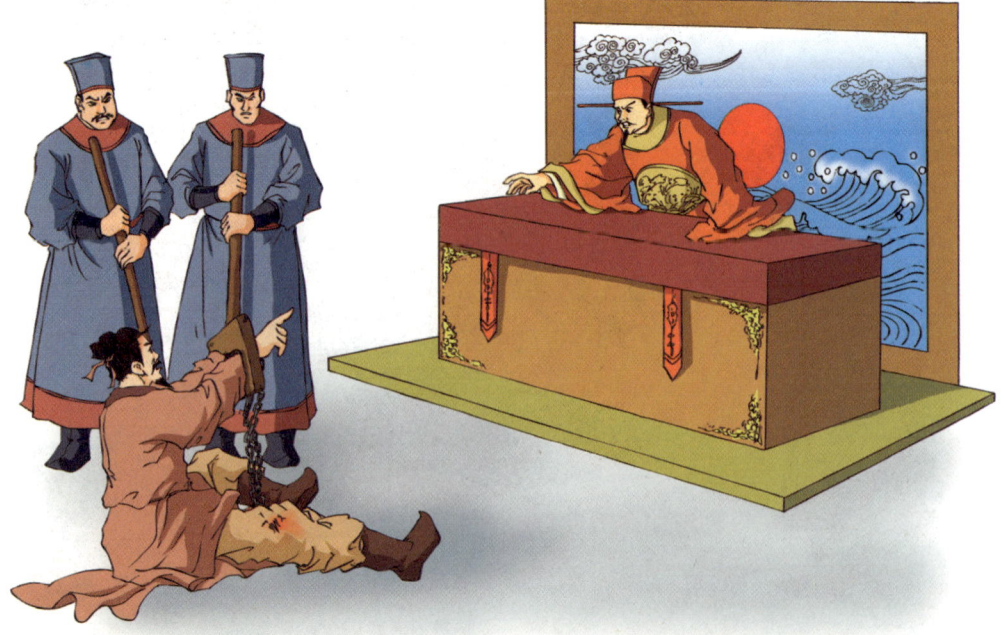

我打四十大板！"左右一声吆喝，重重地打了岳飞四十大板，把岳飞打得鲜血迸流，死去活来，但岳飞始终咬紧牙关，一声不吭。二贼再命人用檀木夹，夹得岳飞的手指指骨碎裂，还命人用杖狠打，打得岳飞头发散开，岳飞就是不肯招认。二贼没有办法，到了天黑，只得命狱卒先将岳飞收监，等明天再审。

万俟卨、罗汝楫私下里商量了一番，又弄出一些叫作"披麻问""剥皮拷"的新刑法来折磨岳飞。二贼连夜将麻皮揉得粉碎，鱼胶熬得烂熟，准备好了。第二天审问时，万俟卨喝道："岳飞，将你按兵不动、意图谋反的事快快招来，免得受皮肉之苦！"岳飞不卑不亢地说道："我一生立志恢复中原，以雪靖康之耻。先前在朱仙镇与韩、刘几位元帅打败金兵二百多万，只待进兵燕山，直捣黄龙了，不想圣上连用金牌十二道召我回来，我哪曾按兵不动？我如果真克减了军粮，将士怎么可能不起反叛之心？我岳飞一片忠心，唯天可表！"万俟、罗二贼见岳飞还是不肯招认，便喝令左右脱掉岳飞的衣服，在他身上敷上一层鱼胶，又粘上一层麻皮。一会儿工夫，岳飞身上已经粘上好几处麻皮，二贼再问："岳飞，你招不招？"岳飞喝道："你今天害死我，我化为厉鬼，也要杀了你们！"二贼听了大怒，吩咐左右："给我扯！"左右把麻皮一扯，连皮带肉撕下来一大块。岳飞大叫一声，顿时晕了过去。左右连忙用水把他喷醒，准备再次逼供。岳飞刚醒过来，万俟卨又叫道："岳飞，你再不招，叫左右再扯。"岳飞

万、罗叫左右把岳飞的衣服扒去，在他的背上涂了一层鱼胶，再披上麻皮

万俟卨建议仿造岳飞的笔迹伪造一封家书,将岳云、张宪骗来一同谋杀,秦桧听了大喜

大声叫道:"我死了也就罢了,希望岳云、张宪不要坏了我一世忠名才好!"

万俟卨、罗汝楫听见这话,不禁一惊,直吓得汗流浃背,顿时生出一条毒计来。二贼假意起身,请岳飞坐下,哄道:"下官知道元帅功勋卓越,本想上奏本保留元帅,无奈现在朝廷由秦丞相掌权。方才元帅提到公子及贵部张宪,何不修书一封,请他们一起来告御状?"岳飞一听,不禁怒睁双眼,说道:"好歹毒的小人!你们是怕我死后,岳云和张宪来找你们的麻烦,所以想斩草除根吧?告诉你们,休想!"万俟、罗二贼见岳飞识破了他们的诡计,只好愤愤地去找秦桧商量对策。

二贼到了秦桧府中,秦桧见他们没有杀掉岳飞,大怒不止。万俟卨辩解道:"丞相有所不知,小官倘若打死了他,他儿子岳云、部将张宪有万夫不当之勇,如果领兵造反,不要说我与丞相,连朝廷也难保!为此小官想了一计,何不伪造一封家书,叫岳云、张宪到京城来,到时候一齐谋害,岂不更好?"秦桧听了大喜,忙叫了个善于临摹的门客照着岳飞的笔迹,写了封家书,大意是:"奉旨召回临安,面奏大功,朝廷十分高兴。你同张宪,速到京城,听候加封官职,不可迟误。"秦桧看了大喜,派了家丁徐宁星夜往汤阴县。很快,岳云、张宪也赶到了京城,可他们还来不及面见高宗,就被人抓了起来,投进监狱,方知中了奸臣诡计。

岳飞手书《前出师表》
岳飞的书法苍劲峭拔,忠武之气流于笔端

第四十六章
风波亭岳飞遇害

秦桧命令万俟卨、罗汝楫每天用极刑拷打岳飞、岳云、张宪三人。两个月过去了,岳飞等始终不肯招认那些被栽赃的罪行。秦桧为此闷闷不乐。那天,正是腊月二十九日,秦桧同夫人王氏在东窗下烤火饮酒,忽然有家将送进来一封密信。秦桧拆开一看,原来是心腹家人徐宁从外地递来的一张民间传单。一个叫刘允升的百姓,悄悄写了岳飞父子受屈经过的传单,挨门逐户地分派,准备约定日子上万民书请愿,要替岳飞伸冤。秦桧看了,双眉紧锁,十分愁闷。王氏

宋代人的除夕风俗

据《梦粱录》记载,宋代人的除夕夜,人们要先打扫干净庭院,再贴上门神,还要在门两旁钉上桃符,用这样的方式可以驱邪避灾,祈求新年好运。门神原先用的是古代传说中能打鬼驱邪的钟馗的像,北宋末年换成唐代名将秦琼、尉迟敬德的画像

秦桧看到传单,十分愁闷

岳王庙

岳王庙在浙江杭州西湖湖畔栖霞岭下，建于南宋嘉定十四年（1221年），明景泰年间改称"忠烈庙"。岳王庙正门上的"三十功名尘与土，八千里路云和月"，是岳飞一生的写照

忙问原因，秦桧将传单递与王氏，说："自从我因假传圣旨将岳飞父子拿入监狱，民间都说他受了冤屈，想要上万民书。倘若这事传入宫中，岂是儿戏！如果放了他，又怕违了四太子之命，因此疑虑不决。"王氏将传单看了看，立即投入香炉中，用火钳在灰上写下七个字："缚虎容易纵虎难。"秦桧看了，点了点头，把字迹抹平了。

正在这时，万俟卨派人送来黄柑给秦桧解酒。秦桧收了，吩咐丫环剖来下酒。王氏道："不要剖坏了！这个黄柑，就是杀岳飞的刽子手！"秦桧问："这话怎么说？"王氏说："将这柑子掏空了，写一张小票藏在里边，叫人转送给万俟卨，叫他今夜在风波亭结果了岳飞三人！这桩事不就完结了吗？"秦桧大喜，立即叫人去办。

大理寺狱官倪完是个忠厚正直的人，对岳飞三人十分照顾。这一天是除夕夜，倪完特地准备了一桌酒菜，亲自送到岳飞房内，岳飞谢了，倪完便在旁边坐下相陪。他们一边喝酒，一边闲谈，忽然觉得寒气逼人。倪完起身一看，原来外面下起了雨夹雪。岳飞想起自己一心尽忠报国，却遭此牢狱之灾，心中凄苦，便叫倪完取过纸笔来，修书一封，递给倪完道："恩公，如果我死了，请恩公前往朱仙镇，那儿有我的好友施全、牛皋护着帅印，还有一班弟兄们。他们个个是英雄好汉，如果他们得知我的死讯，必定会做出不忠不孝的事来。恩公将此书送去，一则救了朝廷，二来也成全了我岳飞的名节！"倪完接过书信藏好，说道："如果

除夕夜，狱官倪完送来酒菜和岳飞他们一起在狱中分享

元帅有什么三长两短，小官也不贪恋这点奉禄，带了家眷回乡去。小官家离朱仙镇不远，一定将书信送去！"

约莫二更之后，一个狱卒轻轻地走过来，在倪完耳边说了几句，倪完一听，脸色大变。岳飞忙问："发生了什么事，这么惊慌？"倪完知道瞒不过，只得跪下，说圣旨下来了，叫岳飞父子到风波亭去接旨。岳云、张宪知道大限已到，不甘心乖乖受死，但被岳飞喝住。狱卒上来将他三人捆住，押往风波亭。三人在风波亭从容就义。时年岳飞三十九岁，岳云二十三岁。

岳飞、岳云、张宪三人大义凛然地来到风波亭

岳飞被害的消息传开后，举国上下莫不悲痛，大街小巷贴满了对秦桧的咒骂，人们偷偷张挂岳飞遗像，秘密进行祭祀。岳飞死后二十多年，即绍兴三十二年（1162年）六月，主张抗金的宋孝宗即位，为了顺应民心，接受太学生程宏图"昭雪岳飞之罪"的奏请，七月便颁诏为岳飞平反。南宋嘉泰四年（1204年），朝廷追赠岳飞为鄂国公，加封武穆王，赐谥"忠武"，配享太庙。孝宗下令寻找岳飞遗体，按王礼迁葬于西湖边的栖霞岭下，即今天的杭州岳墓所在地。隆兴二年（1164年），朝廷赐建智果院力褒忠衍福寺，即今天岳王庙的前身。后人为了纪念岳飞坚贞不屈和忠勇为国的精神，将这座寺庙修成一座岳王庙，还在这儿筑了坟堆，供人凭吊。在岳飞的坟旁，人们用铁铸成秦桧夫妇的跪像，让他们永世受后人的唾骂。

岳飞坐像

岳飞死后20年，即绍兴三十二年（1162年），主张北伐的孝宗即位，为岳飞恢复名誉，追复原职，并封他为"少保、武胜定国军节度使、武昌郡开国公"

精华点评

　　《岳飞传》是清朝小说家钱彩结合史实和民间故事创作的。岳飞是中国历史上著名的抗金英雄。他在北宋末年参军，十多年的时间里，他率领岳家军同金军进行了不下数百次的战斗，战无不胜，所向披靡。

　　公元1140年，完颜兀术进攻南宋，岳飞挥师北伐，先后收复郑州、洛阳等地，又在郾城、颍昌大败金军，进军朱仙镇。在此有利形势下，宋高宗、秦桧却只想苟安，一意求和，连下十二道金牌催促岳飞退兵，岳飞孤立无援，只好班师。岳飞回来后，就遭到秦桧、张俊等人的诬陷，被捕入狱。1142年1月，岳飞以"莫须有"的罪名与长子岳云和部将张宪同被杀害于风波亭。

　　岳飞虽然被杀害了，但他的历史功绩不可磨灭。岳飞是南宋最杰出的统帅，位列南宋中兴四将之首。他主张黄河以北的抗金义军和宋军互相配合，夹击金军以收复失地。岳飞治军，赏罚分明，纪律严整，又能体恤部属，以身作则，他率领的"岳家军"号称"冻杀不拆屋，饿杀不打掳"；金人也流传有"撼山易，撼岳家军难"的说法。在文贵武贱的宋朝，岳飞是将帅中少有的受到良好的中国传统教育，能诗善词文武双全的将领。他爱好读书，书法颇佳，被称为"室有邺架""字尚苏体"（邺架，形容藏书多；苏体指苏东坡的书法）。他还爱与文人士子交往，"往来皆高士"。他的不朽词作《满江红·怒发冲冠》是千古传诵的

爱国名篇。除此之外，岳飞武艺高强，年少时枪术就"一县无敌"，从军后更是屡屡阵斩敌方大将，从未逢敌手，称得上"勇冠三军"。

《岳飞传》通过许多小故事，描绘了岳飞读书习武、参军杀敌，并最终成长为抗金名将的人生历程，生动地展现了两宋中原民众英勇抗金的宏大历史画面，淋漓尽致地刻画了岳飞高尚的爱国情怀和道德情操。书中还塑造了牛皋、岳云等一大批英雄形象，歌颂了这些在宋金战争中扶大厦于将倾、挽狂澜于既倒，不屈不挠、前赴后继的英雄人物，同时也对卖国求荣、陷害忠良的秦桧等奸臣大加鞭笞，以此警醒世人。

拓展练习

1. 岳飞字_____。

2. 岳飞在乱草冈降服了做强盗的_____。

3. 岳飞率领的军队名叫_____。

4. 与岳飞一起在风波亭被杀害的将领是_____、_____。

5. 金人流传有_____的哀叹,表达了对于岳家军的最高赞誉。

6. 简单叙述岳飞指挥的几次著名抗金战役。

7. 列举几个《岳飞传》中出现的主要人物并说出他们的性格特征。

8. 《岳飞传》中出现的人物很多,你最佩服或喜欢谁,简单说说你的理由。

9. 摘抄这本书中的精彩语句和段落,与同学交流。

10. 你认为《岳飞传》主要歌颂和赞扬了什么?

11. 读完全书后，可以试着做一个简单的读书卡。

读书卡

书名：

主要人物：

故事情节：

人物评价：

参考答案

1. 鹏举 2. 牛皋 3. 岳家军 4. 岳云、张宪 5. 撼山易，撼岳家军难

6～11略

图书在版编目（CIP）数据

岳飞传／（清）钱彩著；创世卓越改编. — 北京：北京少年儿童出版社，2018.1
（一生必读的中国十大名著：课改精编版／龚勋主编）
ISBN 978-7-5301-5317-8

Ⅰ. ①岳… Ⅱ. ①钱… ②创… Ⅲ. ①章回小说—中国—清代 Ⅳ. ①I242.4

中国版本图书馆 CIP 数据核字（2017）第 269307 号

一生必读的中国十大名著 课改精编版
岳飞传
YUE FEI ZHUAN
[清] 钱彩 著
创世卓越 改编
龚勋 主编

＊

北 京 出 版 集 团
北京少年儿童出版社　出版
（北京北三环中路6号）
邮政编码：100120

网　　址：www.bph.com.cn
北 京 出 版 集 团 总 发 行
新 华 书 店 经 销
北京画中画印刷有限公司印刷

＊

787 毫米×1092 毫米　　16 开本　　12.25 印张　　185 千字
2018 年 1 月第 1 版　　2020 年 7 月第 2 次印刷
ISBN 978-7-5301-5317-8
定价：29.80 元
如有印装质量问题，由本社负责调换
质量监督电话：010-58572393
责任编辑电话：010-58572282